Leah Cim

SOFTSPANKING II

18 neue Geschichten über geheime Träume

Bibliografische Information der Deutschen Nationalbibliothek:
Die Deutsche Nationalbibliothek verzeichnet diese Publikation
in der Deutschen Nationalbibliografie; detaillierte bibliografische
Daten sind im Internet unter http://dnb.dnb.de abrufbar.

Verlag: BoD · Books on Demand GmbH, Überseering 33,
22297 Hamburg, bod@bod.de
Druck: Libri Plureos GmbH, Friedensallee 273,
22763 Hamburg
© 2020 Leah Cim
ISBN: 978-3-7519-1509-0

Inhaltsverzeichnis

Violas Wunsch

Suchen Frauen Männer? Wenn man die fragt, eher nicht. Als wie mühsam schildern sie, eine Frau zu erobern, welch' Aufwand zu betreiben sei, mal einen Kuss abzustauben und welch' unendlich viel größeren, endlich ihr bestes Stück in die dafür vorgesehene weibliche Körperöffnung schieben zu dürfen.

Dabei stimmt das nicht unbedingt. Allerdings gehört es sich für eine Frau nicht, von sich aus auf einen Mann loszugehen und sich ihm anzubieten. Dieses Vorgehen macht sie sogar in den Augen derer wertlos, die ständig von einer derartigen Situation träumen. Also muss sie anders vorgehen, und zwar umso subtiler, je ausgefallener ihre Wünsche sind. Dabei meine ich keineswegs Sado-Maso in dessen Extremform, sondern lediglich eine harmlose Abart davon.

Ich habe schon bei Männern beobachtet, dass sie sich selbst ab und zu einen hinten drauf geben. Selbstredend, dass auch so manche Frau das als vergnüglich zu empfindet. Das leise Kribbeln und die sich allmählich ins vordere Lustzentrum vorarbeitende Wärme bei längerer Bearbeitung der eigenen Hügel erregen mich dermaßen, dass sie mich über kurz oder lang beinahe dazu zwingen, per Fingerarbeit zu vollenden, was die flache Hand begann.

Ich spreche von mir. Ich bin Viola und so geartet, wie ich soeben in neutral-zurückhaltender Art beschrieb. Ich wusste jedoch lange nicht, wie ich meine Phantasieen in die Wirklichkeit umsetzen sollte. So begnügte ich mich bis jetzt mit der beschriebenen Selbstkasteiung im stillen Kämmerlein. Die Kosten für eine Spankingmaschine scheute ich, denn ich war mir sicher, dass mir ein mechanisch-liebloses Paddel kaum das bringen würde, dessen ich bedurfte. Ich verlange nach erweiterter Behandlung, die mir zu bieten einer künstlichen Apparatur verwehrt ist.

Es ist nicht so, dass ich mich nicht mit Männern abgebe. Was die, mit denen ich mich einließ, wohl kaum bemerkt haben dürften, ist der Körperteil, dem ich größtes Augenmerk widmete. Natürlich ist es schön, ein kraftvolles Glied hereingerammt zu bekommen. Das weiß ich zu schätzen und zu loben. Der Rest ist mir nicht wichtig, wenn es sich nicht gerade um einen extremen Fettwanst handelt. Bis auf eine Ausnahme.

Ich taste seine Hände auf eine bestimmte Handlung visuell ab. Auch wenn es zu Beginn einer Beziehung noch lange nicht spruchreif ist, vernehme ich im Geist bereits, wie eine von ihnen meinen Po versohlt und diesem größtes Vergnügen bereitet.

Helmut zeigte eine gewisse Neigung zu solchen Handlungen. Bereits im Vorfeld unserer Beziehung tätschelte er mir an meinen rückwärtigen Rundungen herum, sobald er meinte, dass niemand ihn sähe. Seine großflächige Hand bedeckte dabei einen Gutteil der bedachten Hälfte. So weit, so gut. Wie das Ganze perfektionieren?

Irgendwann war er soweit, dass er das Eine durfte. Als weiteres Indiz für seine Neigung betrachtete ich, dass er mich gern oben liegen hatte, um mit beiden Händen kräftig an meinen rückwärtigen Backen herumzukneten. Auf das Kneten galt es aufzubauen. Ich hätte mich natürlich einfach mit bloßer Kehrseite über ein Möbel zu bücken brauchen, um ihm meinen Wunsch nahezubringen. Das hätte er sicher begriffen. Aber so einfach sollte er es nicht haben – dann hätte ich mir gleich eine Spankingmaschine zulegen können.

Ich nutzte während unseres ersten gemeinsamen Urlaubs einen einsamen Strand auf Mallorca. Doch, so etwas gibt es. Helmut trug lediglich eine Badehose und ich über dem Bikini ein so leichtes Sommerkleid, dass es durchsichtig war. Ideal für ein bisschen spielen.

Ich tat, als wollte ich ihn provozieren. „Richtig kräftig bist du ja nicht", sagte ich, „du kriegst mich bestimmt nicht hochgehoben."

„Was? Das wirst du sehen!"

Als Helmut versuchte, mich zu ergreifen, entwich ich ihm. „Gefangen kriegst du mich auch nicht", stichelte ich weiter, „du bist überhaupt nicht sportlich!"

Er sprang auf mich zu, aber ich war geschickt genug, mich seinem Zugriff ein zweites Mal zu entziehen. Ich musste aufpassen, dass wir das Areal nicht verließen, denn keinesfalls durften wir dorthin geraten, wo sich andere Urlauber aufhielten – der Gefahr, öffentliches Ärgernis zu erregen, wollte ich uns nicht aussetzen.

So rannten wir einige Male im Kreis, bis ich das Gefühl bekam, dass Helmut merkte, worauf ich hinauswollte. Beim zehnten Ringelrein bekam er mich folglich zu fassen.

„Na warte, du Biest", keuchte er, „jetzt bist du dran!"

„Noch lange nicht", keuchte ich zurück, „du hast nicht genügend Power, um mich dranzukriegen."

„So? Das wollen wir mal sehen!"

Wir schubsten und balgten uns. Ich stellte fest, dass ich Helmut ebenbürtig war und er mich nicht hätte so bequem zurechtlegen können, wie es für die gewünschte Prozedur nötig gewesen wäre. So gab ich ein klein wenig nach und er bekam mich an der Hüfte umklammert. Mit viel Ziehen und Stoßen hatte er mich soweit, dass er mich um sich herumwand. Dann plumpste er in den Sand, mit mir über seinem Schoß. Falls ihm der Aufprall wehgetan hatte, dürfte ihn das in Anbetracht des ihm winkenden Vergnügens gleichgültig gelassen haben.

Mich einfach zu verbläuen gönnte ich ihm natürlich nicht. Ich zeigte Tendenz zu entfliehen, sodass er mich eisern umklammern musste – so eisern seine mittelmäßig trainierten Muskeln mich zu umklammern schafften. Hätte ich mich wirklich angestrengt, wäre ich ihm entkommen. Also dosierte ich meine Kräfte so, dass er im Ganzen angespannt, aber seiner zweiten Hand genug Energie blieb, damit sie endlich das tat, was das Ziel des Spiels war.

Endlich landete der sehnlich erwartete erste Schlag auf meinem Bikinihöschen. Das Kleid war so luftig und dünn, dass es nicht zählte. „Dir werd' ich's zeigen", kommentierte Helmut heftig schnaufend, „mich so zu ärgern. Jetzt gibt's 'was drauf, und zwar richtig!"

Ich wand und wehrte mich, aber so gedrosselt, dass ich mich nicht aus seinem Griff löste. Ich merkte, dass dieses Winden und Wippen einen bestimmten verdeckten Körperteil Helmuts anregte, sich selbstständig zu machen. Ich wartete gespannt darauf, wann es sich entladen würde.

Zunächst genoss ich die auftreffende Hand. Sie passte, geschickt gewölbt, genau auf die Rundung des Zielobjekts und deckte sie perfekt ab. Allein dafür war Helmut eine Sünde wert. Ich hörte es klatschen, vermeinte aber kaum etwas zu spüren, so sehr empfand ich die Klapse als Liebkosungen. Ich hütete mich, Lustschreie auszustoßen, denn so weit waren wir von belebteren Gefilden nicht entfernt. Ich hatte sogar Bedenken, dass allein das Landegeräusch von Helmuts Arbeitsgerät laut genug wäre, Aufmerksamkeit zu wecken.

Allmählich entspannte ich mich, um ihm Gelegenheit für die nächste Stufe zu geben. Er merkte mein Nachgeben und verkündete: „Ah, allmählich weißt du, dass du's verdient hast. Dann weißt du hoffentlich auch, wie's weitergeht."

Mein Kopfnicken geschah beinahe unmerklich. Er nahm es dennoch wahr.

„Dann heb' mal dein Becken ein wenig an."

Ich tat wie mir geheißen. Helmut schob das Astralkleid nach oben und mein Bikinihöschen nach unten, sodass ihm mein Gesäß in voller Pracht entgegenleuchtete.

„Schön rosa", bemerkte er, „aber noch nicht rosa genug."

Die nun folgende ausgiebige Züchtigung bewirkte zweierlei: Bei mir einen herrlichen Abgang ohne weitere Stimulation, der mich vor die wichtige Aufgabe stellte, weiterhin jedes Stöhnen zu unterdrücken, und bei Helmut, dass sein Textil vorn nass wurde, und zwar nicht von Meerwasser. Als er soweit war, begann er selbst zu stöhnen und mit seinen Schlägen nachzulassen. Das Spanking war für den Augenblick beendet.

Helmut sank längelangs in den Sand; sein Oberkörper hob und senkte sich heftig. Ich gluckste vor Vergnügen, als ich den feuchten Stoff seiner Garderobe mit meiner eigenen Feuchte sich vermischen spürte und mich ein zweites Mal zu kommen fast übermannte. Ich war in der Zwickmühle: Einerseits wollte ich mir den ‚Zweiten' nicht entgehen lassen, andererseits auf Helmuts bestes Stück weiterhin Körperdruck ausüben. Ich half mir, indem ich mein Becken gerade weit genug lüpfte, um mit meiner Hand drunter zu greifen. Nun war es diese, die beide Ebenen abdeckte; leichtes Reiben brachte meine Lustgrotte mühelos in Wallung und in Verbindung mit meiner herrlich heißen Kehrseite schnell dazu, mich durchzuschütteln. Aber auch bei Helmut, dem meine Aktivitäten nicht verborgen blieben, stellte ich eine Wiederbelebung fest. „Mach' weiter", flüsterte er.

Ich zog mein Höschen hoch, kniete mich breitbeinig über ihn und begann die bewusste Stelle sanft zu reiben. Dass mein durchsichtiges Kleidchen wieder in Ausgangslage gerutscht war, erhöhte wohl Helmuts Puls, denn eine weitere Ladung kam recht bald. Da seine Badekleidung ohnehin verschmutzt war, brauchte ich ihretwegen keine Vorsicht walten zu lassen.

Eine Weile verharrten wir, wie wir waren, und warteten, bis unsere Erregung abgeklungen war. „Jetzt sollten wir sehen, dass wir unauffällig ins Wasser gelangen", meinte Helmut schließlich, „sonst werden wir Mittelpunkt der Aufmerksamkeit."

Zum Glück war es vom Gebüsch bis zum Meer nicht weit, das wir in schnurgeradem Lauf ansteuerten und in das wir uns schnell hineinstürzten. Die Spuren unseres Spielenachmittags gelang uns so schnell zu beseitigen.

„Hör' mal", sagte Helmut, als wir prustend vom Schwimmen eine so seichte Stelle erreicht hatten, dass uns das Wasser bis zu den Hüften umspülte, nachdem wir uns hingesetzt hatten.

„Ich höre."

„Wir leben ja im Zeitalter der Gleichberechtigung."

„Heißt es. Und?"

„Willst du eigentlich auch einmal bei mir…?"

„Nur wenn du unbedingt willst. Anmachen würde es mich nicht unbedingt."

„Was machst du da eigentlich?"

Helmut war nicht entgangen, dass ich meine Finger wieder in Bewegung gesetzt hatte. „Du wirst es nicht glauben, aber heißer Po im kühlen Mittelmeer fühlt sich geil an. Gleich…." Ich begann zu keuchen, denn es ging los. Helmut sah mir neugierig ins Gesicht. „Ihr Frauen seid zu beneiden; könnt ihr sooft ihr wollt?"

Ich wartete, bis sich meine Gefühle wieder Profanem zuzuwenden vermochten, bevor ich antwortete. „Ganz so ist es nicht. Es hängt von der Situation ab. Aber wenn die passende eintritt, gehen schon einige Akte."

„Trotzdem zu beneiden. Ich bin leider erstmal außer Gefecht. Aber ich denke, bis heute Abend wird's wieder gehen." „Dann überlegen wir uns, wie wir's dort beginnen. Du hast ja gemerkt, dass du ein bisschen 'was tun musst." –

Noch am selben Abend probierten wir aus, wie es sich bekleidet anfühlte. Ich zog knackenge und knackkurze Jeans an und Helmut jagte mich um den Tisch unserer Ferienwohnung herum. Jedes Mal, wenn er mir nahe genug kam, knallte er mir einen hinten drauf. Wir mussten vorsichtig sein, denn auch in dem hellhörigen Zimmer durften wir nicht zu viel Lärm verursachen. Als wir genug gerannt waren, stützte ich mich heftig atmend auf dem Tisch ab. Helmut haute mir noch ein paar auf den straff gespannten Leinenstoff und befreite mich anschließend unten herum von störendem Stoff. Ich spreizte die Beine. Helmut nahm das Angebot an, bevor ich die Bitte vorzubringen Gelegenheit bekam, noch ein bisschen meinen Nackten zu bedienen. Ganz gut als Fazit, aber unser nachmittägliches Bikiniklopfen hatte mir mehr zugesagt.

Ergiebiger waren Ringkämpfe, während denen ich so lange die Oberhand behielt, bis ich der Meinung war, dass es an der Zeit für meine Tracht Prügel sei. Fast immer gelang mir bereits während deren Vollzugs ein Orgasmus. Wir wechselten sorgfältig zwischen Jeans- und Nachthemdenmodus ab; Jeans knallen und Nachthemden ziehen besser. Außerdem ist dieses mit kühnem Schwung leicht eine Etage höher zu wedeln, sodass einer übergangslosen zweiten Staffel auf den Nackten nichts im Weg steht. Helmut gestand mir, dass sein Ständer zu besonderer Härte heranwuchs, wenn er zusah, wie sich seine Fingerabdrücke weiß auf meiner Röte abzeichneten und dann rasch der Umgebungsfarbe anpassten. Das war für mich nachvollziehbar. Manchmal gelang mir, meinen eigenen Abgang nahtlos an seinen anschließen zu lassen und sozusagen eine Doppelportion zu naschen.

Ewig hielt die Beziehung nicht, denn der Zauber unseres Erstlingsspankings auf Mallorca erwies sich als unwiederholbar. Außerdem störte mich mehr und mehr, dass Helmut sich tatsächlich einbildete, er wäre der Stärkere. Dabei wäre es mir ein Leichtes gewesen, ihn mit einem gezielten Tritt oder Griff außer Gefecht zu setzen und meinerseits ihn zu verprügeln.

Ich hatte aber gelernt, wie ich Männern meine Wünsche nahebringe. Bis heute beurteile ich diese Spezies nach ihren Händen, das heißt wie passgenau deren konkave Höhlung wohl auf meine konvexen Halbkugeln aufträfen.

Mittlerweile habe ich diesbezüglich ein gutes Augenmaß entwickelt. Mein nächster Wunsch ist ein Kraftprotz mit Niveau, der es tatsächlich schafft, mich mit eisernem Klammergriff festzuhalten, und nicht der Meinung ist, sich aus falsch verstandenem Kavalierstum bei meiner Bestrafung zurückhalten zu müssen.

Gloria für Gloria

Fußball hat es weit gebracht. Der bemerkenswerteste Erfolg dieser Sportart besteht darin, sich auch den Herzen der Frauen geöffnet zu haben. Damenmannschaften schießen wie Pilze aus dem Boden und so manche Ortschaft, an der andernfalls die Karawane achtlos vorbeigezogen wäre, brachte es auf diese Weise zu bescheidener Berühmtheit.

Globach ist so eine Ortschaft. Erstaunlich, dass einer 5.000-Einwohner-Gemeinde innerhalb kürzester Zeit gelang, eine respektable Elf zusammenzubringen, aber irgendwie fanden sich die Seelenverwandten schnell zusammen. Die meisten der Frauen, die sich in dem Klub fanden, gehörten bereits vorher einem an, von dem missgünstige Nachbarn munkeln, dass das ein sehr obskurer gewesen sei.

Sei es wie es sei, dank ihrer Sportlichkeit, kompromisslosen Härte und Leidensfähigkeit, technisch erstaunlichen Reife und nicht zuletzt, weil alle 14 Mitglieder eine für ihr Geschlecht erstaunliche Körpergröße aufweisen, gelang es Gloria Globach innerhalb dreier Saisonen, sich in die Profiliga emporzuarbeiten.

Der Name war das Wenigste. Der Präfix sollte eine mit dem Ortsnamen jedem verständliche oder wenigstens klangvolle Alliteration bilden. Gloria ist Latein und bedeutet Ruhm, und der war es, nach dem die Spielerinnen von Anfang an strebten.

Heute stand das wichtige Auswärtsduell gegen den Spitzenreiter DFC Duesenberg an. Gewannen es die Globacherinnen oder schafften sie wenigstens ein Unentschieden, durften sie sich Aufstiegshoffnungen in die zweite Liga hingeben. Entsprechend hoch war die Nervosität.

Als sei es nicht genug des Ruhms, hieß auch die Trainerin Gloria. Sie versuchte Motivation in ihre Mann- oder besser gesagt Frauenschaft zu bringen. „Mädels, ihr wisst, was ihr könnt", betonte sie immer wieder, „und ihr seid größer. Bessere Voraussetzungen können wir doch gar nicht haben."

Richtig funkten die aufmunternden Worte nicht. Die Ballstärke der Duesenbergerinnen ist berüchtigt, das wusste auch Gloria. Hier, in der Kabine, bestand die letzte Chance, auf die erste Halbzeit Einfluss zu nehmen. „Kommt, noch einmal unseren Schlachtruf. Eins, zwei, drei...."

„Gloria, Victoria!" ertönte es, aber nicht so schmetternd wie Gloria es gewohnt war. „Es ist soweit, haltet die Ohren steif!" Die Trainerin sah ihre Mädels Aufstellung zum Einmarsch nehmen. Als diese in Reih' und Glied (bei Frauen ein merkwürdiger Ausdruck) standen, warf sie nicht zum ersten Mal bewundernde Blicke auf ihre Schützlinge. Welch' stolzer Wuchs, kräftige Schenkel, appetitliche Rundungen und wohlgeformte Muskeln boten sich ihr dar! Und diese geballte Ladung an Kraft und Schönheit sollte nicht gewinnen? Von wegen!

Gloria nahm auf ihrer Trainerbank Platz. Bei Damenfußball sitzen immer erstaunlich viele Männer auf den Zuschauertribünen. Gloria fragte sich, ob die wirklich guten Fußball oder etwas ganz anderes sehen wollen. Es sind nämlich nur Vertreter dieses Geschlechts, die Feldstecher umhängen haben. Um den Ball oder eher wirbelnde Beine und wogende Busen heran zu fokussieren? Ob die, deren Sichtgerät aktiviert ist, sich auf eine spezielle Angebetete konzentrieren oder mal hier, mal da spannen? Die Trainerin wusste, dass moderne, mühelos händisch zu bedienende Camcorder beste Zoomaufnahmen liefern, aus denen sich nachträglich Einzelbilder isolieren lassen. Egal, dachte sie, Hauptsache die Kasse klingelt.

Die Münze war geworfen, der Anpfiff erfolgt und Glorias Mädels hatten sich verteilt, nachdem sich das in der Minute vor dem Los übliche Kuddelmuddel aufgelöst hatte: Silvia im Tor, Rose, Henny, Patrizia und Phyllis, die Kapitänin im Sturm, Edith, Ulrike, Annette und Inka im Mittelfeld und Marlies und Anne vor dem Tor zu dessen Verteidigung.

Das Spiel wogte zunächst ohne erkennbaren Vorteil für die eine oder andere Mannschaft hin und her. Bald änderte sich das jedoch und Gloria Globach geriet unter Druck. Bei den Dribblings ließen sich die Spielerinnen austricksen und viele Pässe gingen fehl. Während Gloria überlegte, ob sie die Abwehr mit Brunhilde, die neben Helga und Waltraud auf der Bank saß, verstärken und dafür eine aus dem Sturm nehmen solle, kam es, wie es kommen musste: In der 8. Minute rutschte Marlies ab und eine Duesenbergerin nutzte humorlos die Lücke, den herrenlosen Ball oben links ins Tor zu setzen. Silvia war chancenlos.

Gloria schloss die Augen. Wenn das so weitergeht....

Es ging so weiter. Mühsam verteidigten ihre Mädels die eigene Hälfte, ohne einen eigenen Torschuss abzugeben. In der 40. Minute gelang einer Duesenberger Abwehrspielerin, was nur gelingt, wenn man es nicht plant: Aus 40 Metern Torentfernung einen Weitschuss abzugeben, der tatsächlich traf, weil damit niemand gerechnet hatte. Leider auch Silvia nicht, die besser hätte aufpassen müssen. Gloria warf ihr einen Blick zu, der deutlich auf die Konsequenzen aufmerksam machte. Außerdem warf sie zwei Mal beide Hände mit gespreizten Fingern in die Luft, was 20 bedeutete. Silvia sah es und nickte ergeben.

Die kurze Zeit bis zum Pausenpfiff strengten dich die Globacherinnen etwas mehr an, erzielten aber außer einmal Latte und einmal Pfosten keinen Anschluss. Mathematisch ist das unmöglich, dachte Gloria; wer gezielt versucht, auf die dünnen Metallpfosten zu zielen, wird nie und nimmer schaffen, sie auch zu treffen. Während eines Spiels kommt es jedoch vor, dass das Leder häufiger auf diese aufprallt, als dass es in dem viel größeren Raum zwischen ihnen landet.

In der ersten Nachspielminute der ersten Halbzeit erlitt Gloria Globach einen weiteren Rückschlag. Eine Duesenbergerin ließ sich während des letzten Angriffs der Globacherinnen im Strafraum fallen. Ulrike hielt das für eine Schwalbe und begann mit der Gegnerin einen Wortwechsel. Bevor der Schiedsrichter nahe genug war, um die beiden Streithühner zu trennen, verpasste Ulrike der Duesenbergerin eine Backpfeife. Für ihr zum Aufbrausen neigendes Gemüt war Ulrike bekannt. Gloria schlug die Hände vor ihr Gesicht. Das konnte nur eins bedeuten….

Ein Fußballschiedsrichter verwahrt die gelbe und gelb-rote Karte in der Brust-, die rote jedoch in der Gesäßtasche. Deshalb hat sich der Begriff ‚Arschkarte' über den Sport hinaus verselbstständigt. Weil die geohrfeigte Gegnerin genügend Beherrschung aufbrachte, sich nicht zu revanchieren, erhielt Ulrike unweigerlich rot und die Duesenbergerinnen obendrein einen Strafstoß zugesprochen, den sie prompt versenkten. Mit dem Stand 3:0 für die Gastgeberinnen ging es in die Pause.

Ulrike versuchte sich von ihrer Trainerin fernzuhalten, aber in der Kabine war dafür nicht genug Platz. Gloria kochte vor Zorn.

„Mädels, so nicht!" donnerte sie. Sie galt auf ihrer Trainerbank während des Spiels als äußerst diszipliniert, aber unter vier oder besser gesagt 30 Augen ging sie umso temperamentvoller aus sich heraus. Ihre Motivationsmethode hielte auch keiner Überprüfung der Sportgerichte stand.

Auf dem Sideboard lag stets ein langes, breites Plexiglaslineal bereit. Die Spielerinnen schauten bereits ängstlich darauf. „Heute", verkündete Gloria, „hat wirklich keine von euch ein Lob verdient; im Gegenteil! Deshalb wird es auch für alle denselben Lohn geben. Außer…", Gloria hatte wahrgenommen, dass Ulrike aufgeatmet hatte, „…natürlich für Ulrike. Ulrike, du hast dich unmöglich benommen. 50, und zwar auf den Nackten! Alle anderen 20, auch für

Silvia, obwohl auch du mehr verdient hättest. Ihr anderen dürft das Trikot anbehalten."

Während Getuschel einsetzte, fing Ulrike zu betteln an. „Oh nein, bitte nicht so viele; ich will auch alles wieder gutmachen." „Während dieses Spiels geht das nicht mehr und der nächsten ein oder zwei auch nicht mehr, je nach Schiedsspruch. In der zweiten Halbzeit müssen wir in Unterzahl nicht nur bestehen, sondern vier Tore machen und ein weiteres gegnerisches verhindern. Hose 'runter!"

Zitternd tat Ulrike wie ihr geheißen. Dann bückte sie sich über das Sideboard und das Lineal trat in Aktion. Hieb um Hieb prasselte auf den Po der Spielerin ein, der rot und röter wurde. Ulrike ächzte bei jedem Treffer und begann zu weinen. Memme, dachte Gloria, da gibt's wirklich Bessere!

Beinahe endlos zog sich die Züchtigung hin, so endlos, dass Gloria um die Zeit fürchtete. Als sie endlich aufhörte, tat ihr der Arm ein bisschen weh. Ulrike jammerte und klagte, während Gloria sich den anderen zuwandte. „Ihr habt's gehört. Viel Zeit haben wir nicht mehr. Wer nicht dran ist, erleichtere bitte die Blase; ansonsten wisst ihr Bescheid."

Nacheinander traten die Spielerinnen an das Sideboard, um den angekündigten Motivationsschub in Empfang zu nehmen. Interessant, dachte Gloria bei Vollzug, wie unterschiedlich sie reagieren. Da sie seitlich stand, waren ihr die Gesichter der Delinquentinnen halb zugewandt und sichtbar.

Helga biss die Zähne zusammen, Brunhilde steckte beinahe ihre ganze Faust in den Mund, Waltraud begnügte sich mit heftigem Ausatmen, Marlies schloss die Augen, Anne stöhnte bei jedem Schlag, Edith wurde rot und Annette zeigte die Zähne vor Zorn.

Dann kam Inka dran. Bei ihr hatte Gloria das Gefühl, dass sie das Pausenspanking genoss. Manchmal, kurz vor

Ende der ersten Halbzeit, beging sie ein leichtes und sinnloses Foul und achtete darauf, dass Gloria es sah. Fast immer war in der Kabine Inkas Po dran, und wie immer zeigte sie auch heute ein beinahe seliges Lächeln, wenn das elastische Material pfeifend durch die Luft fuhr und klatschend auf ihrer Kehrseite auftraf. Gloria vermochte sich selbst nicht daran zu hindern, ein wenig fester als bei den anderen zuzulangen. Vergeblich; Inka hielt das selige Lächeln bis zum Schluss durch.

Rose, Henny, Patrizia und Phyllis verhielten sich ähnlich wie die meisten anderen mit Zähne zusammenbeißen, Fäuste ballen, kieksen und auf dem Daumen herumkauen, Silvia dagegen eher wie Inka. Sie lächelte zwar nicht selig, aber ihr Gesicht blieb auch bei Aufprall des Kunststoffs so entspannt, als sonne sie sich am Strand auf Mallorca. Ob sie als Schuldige am 0:2 auf mehr gehofft hatte…?

„Schnell, die Glocke ertönt schon", drängte Gloria, „ihr wisst, was ihr tun müsst. Und ihr habt jetzt Unterstützung im Rücken – im verlängerten Rücken."

Als sich Ulrike neben ihrer Chefin auf der Bank niederließ, verzog sie schmerzhaft das Gesicht. „Selber schuld", zischte Gloria ihr zu.

Die Mädels waren wie ausgewechselt und drehten trotz Unterzahl auf. Gloria hatte darauf verzichtet, das wegen Ulrike geschwächte Mittelfeld durch eine Stürmerin zu verstärken, denn ihnen blieb nichts als bedingungsloser Angriff.

Bereits in der 50. Minute wurden die Globacherinnen belohnt. Edith umdribbelte die gesamte Duesenberger Abwehr, schoss einfach und – drin war das Runde im Eckigen. 1:3 sah schon viel besser aus als 0:3. Die Globacherinnen waren damit von einem Unentschieden oder gar Sieg immer noch weit entfernt, aber der psychologische Effekt sollte sich als unbezahlbar erweisen.

Eine gefährliche Situation vor ihrem Strafraum in der 61. Minute entschärften die Gäste dadurch, dass sie die Angreiferinnen in die Abseitsfalle laufen ließen. Während sich Gloria in dem Bewusstsein gefiel, dass Frauen keineswegs aus biologischen Gründen verwehrt ist, die Abseitsregel zu begreifen, verpasste sie den Konter und das 2:3 ihrer Mädels. Allmählich wurden die Ränge ruhiger, die bisher außer Rand und Band gewesen waren; es hatten sich nur wenige Globacher hierher verirrt, um ihre Mannschaft zu unterstützen.

Nun wurden die Duesenbergerinnen nervös und suchten in Fouls ihre Rettung. So monierten sie verschiedentlich Handspiel, das der Schiedsrichter aber jedes Mal abwies. Während Frauen bei Gefahr ihre Brust schützen dürfen, ist das Männern eine Etage tiefer gestattet; beides zählt nicht als ‚Hand'.

In der 84. Minute war das Gehacke bis in den Strafraum vorgedrungen. Den Elfmeter, diesmal zugunsten von Globach, verwandelte Annette souverän.

Gloria jubelte. 3:3, nach dem traurigen Start fast schon ein Sieg! Es blieb nur wenig Zeit auf der Uhr. So richtig traute sich keine der beiden Gruppen mehr einzusteigen. Jeder Fehler konnte den einen Punkt kosten. Dann begingen die Duesenbergerinnen den Fehler, der viele sichere Siege in ein Unentschieden und noch mehr erzitterte Unentschieden in eine Niederlage verwandelt hatte: Sie hatten sich mit der Punkteteilung abgefunden und wähnten sich bereits in der Kabine. Patrizia erkannte die Lücke und lenkte den Ball Richtung Tor. Das allein hätte die Entscheidung nicht gebracht, aber auch die gegnerische Torfrau war bereits mit den Gedanken woanders und verhedderte sich so, dass sie das Leder versehentlich in die falsche Richtung, nämlich in ihr eigenes Netz schlenzte. Mit dem 3:4 ertönte der Abpfiff.

Gedreht, das Spiel in Unterzahl gedreht! Gloria für Gloria! Und: „Gloria, Victoria!" Ruhm und Sieg schallte es aus den Mündern der Globacherinnen, diesmal kraftvoll, und aus der Fankurve. Die Spielerinnen fielen sich um den Hals. Zum Bedauern des männlichen Publikums hat sich der Trikottausch beim Damenfußball nicht durchgesetzt, aber einige Knutschszenen, während denen sich manche exponierten Brüste eng aneinandergedrückt fanden, gab es wenigstens zu sehen.

Im Mannschaftsbus saß Ulrike allein, denn niemand traute sich, ihr Mut zuzusprechen. Die Aufgabe blieb Gloria. Sie nahm den Platz neben ihrem Schützling ein und legte die Hand auf deren Oberschenkel. Alle waren natürlich geduscht und wieder in zivilem Outfit, aber auf Grund der Hitze hatten sich die meisten für kurze Röcke entschieden. Auch Ulrike. Gloria durchfuhr ein wohliger Schauer. Wie samtweich sich Frauenhaut anfühlt! „Ulrike", sagte sie leise. Ulrike antwortete nicht. „Ich verstehe, dass du mir böse bist", fuhr Gloria fort, „und ich weiß, dass meine Methoden nicht regelkonform sind. Aber sie helfen, wie du nicht nur diesmal gesehen hast." Ulrikes Schultern zuckten. „Wenn du willst, wein' dich aus. Aber dann soll alles wieder gut sein. Wir warten jetzt ab, wie das Schiedsgericht urteilt, und wenn deine Sperre vorbei ist, reden wir nie wieder darüber. Einverstanden?"

Ulrike nickte. Unter Tränen gestand sie: „Meine Kameradinnen mussten alles 'rausholen, was ich verbockt hab'. So eine Schande!"

„Gräm' dich nicht, sie haben's ja geschafft. Du trainierst ganz normal weiter und wenn du das nächste Mal auf dem Platz stehst, zeigst du allen, was du kannst. Und ich entschuldige mich. Ich war im ersten Zorn arg hart."

„Danke. Ich nehme deine Entschuldigung an, obwohl sie nicht nötig gewesen wäre. Alle 50 waren gerechtfertigt. Ich hoffe, meine Kameradinnen hatten ein bisschen Spaß daran – wenigstens das zum Ausgleich."

Gloria lächelte. „Kann sein, obwohl es wahrscheinlich keine direkt zugeben würde. Schlägst du ein?" Trainerin und Spielerin reichten sich die Hände und die Versöhnung war besiegelt.

Auf den letzten Metern vor ihrem Domizil waren Gloria verschiedene Gedanken durch den Kopf gegangen. Sie durfte auf keinen Fall eine Spielerin bevorzugt behandeln, so gern sie sich mit Inka zusammengetan hätte. Ihre Geistesverwandtschaft war unverkennbar. Ähnliches galt auch für Silvia. Ob sie nach der Saison zurücktreten sollte? Dann gäbe es keine Hemmschwellen mehr. Andererseits kannte Gloria sich. Sollten ihr Verein tatsächlich aufsteigen, würde sie zäh ihr nächstes Ziel angehen, den Aufstieg in die erste Liga. Oder Inka oder Silvia verließen...; nein, das wollte sie nicht hoffen, dafür waren beide zu gut und zu wichtig. Also zunächst weiter mit den einsamen Geheimnissen im Keller.

Die Wäsche war gewaschen und die gröbsten Spuren des Ausflugs beseitigt. Dazu zwang Gloria sich, bevor sie sich genehmigte, endlich ihren Vorlieben nachzugeben.

Beinahe zärtlich betrachtete sie ihre Spankingmaschine, die sie unauffällig in einer Ecke ihres Fitnessstudios untergebracht hatte. Der Bock davor und der Camcorder ein Stück von dem Ensemble entfernt waren passgenau ausgerichtet; Gloria hatte sich unten herum bereits freigemacht und musste lediglich die Kamera starten, die Fernsteuerung zur Hand nehmen und sich auf den Bock legen. Komisch, dachte sie, bei den meisten Spankvorgängen geht es auf den Nackten, aber oben herum haben fast alle Delinquentinnen irgendetwas übergeworfen.

Gloria gönnte sich niemals mehr, als sie an Höchststrafe in der Kabine während der Halbzeit ausgesprochen hatte. Selten gar nichts, waren es meistens um die 20; ab und zu benahm sich Inka so daneben, dass es 30 wurden. Gloria hatte deshalb häufig Grund, ihr dankbar zu sein. Heute war es natürlich Ulrike mit ihrer roten Karte, die durch die Decke geschossen war. Damit hatte sie sich für höhere Weihen qualifiziert. Seit langer Zeit zum ersten Mal tippte Gloria auf die 50. Na gut, anwärmen sollte sein, also erst zehn Mittlere im Drei- und dann 40 Harte im Zwei-sekundentakt. Oder sollte sie die Abstände vergrößern? Bei jeweils fünf Sekunden würde sich das Ganze auf 3¼ Minuten dehnen; doch, das war besser und artete nicht so in Hektik aus wie der Kollektivspank in der Kabine. Von irgendwo her wehte plötzlich die Ahnung, dass eventuell auch der Duesenberger Torfrau wegen ihres verheeren-den Fehlers, der zur Niederlage geführt hatte, bei Gele-genheit 50 aufgezählt würden. Gloria war sich keineswegs sicher, dass sie die einzige Trainerin mit einprägsamen Motivationsmethoden war.

Ulrike tauchte vor ihrem inneren Auge auf. Ganz schöne Heulsuse, dachte sie, aber was für Schenkel! Gloria hatte sich aufs Äußerste beherrschen müssen, mit ihrer Hand nicht höherzugehen. Sie sollte sich doch allmählich nach einer Partnerin umsehen, die Verständnis für ein paar Spielchen hat. Aber wie sie finden, ohne sich im Vorfeld gleich zu ,outen'?

Folglich blieb die Maschine zur Ausübung ihrer Neigung. Gloria hatte sich entschlossen, sich heute nicht mit dem Paddel zu begnügen, sondern die Gerte einzuspannen. Die zog deutlich besser. Ja, schon die Mittleren waren deutlich zu spüren, wenn auch für Gloria noch lange nicht an der Schmerzgrenze. Dann der erste Harte. Autsch, das gibt sicher tolle Striemen. Moderne Geräte heben und senken unter Berücksichtigung der Zielgröße ihren Arm kontinuierlich, damit sich ihre Benutzer(innen) während der Prozedur nicht bewegen müssen.

Das Auftreffgeräusch erwies sich als peitschender Knall; das Auftreffen selbst verkraftete Gloria nicht ganz ohne Zucken, denn es schmerzte heftig. In gespannter Erwar-tung fieberte sie dem nächsten Hieb entgegen, denn fünf Sekunden zogen sich recht lange hin. Es war das herrliche Hin- und Hergerissensein zwischen dem Wunsch, die Tortour möge aufhören, und dem gegenläufigen, sie möge sich unendlich fortsetzen. Der Po brannte lichterloh und die Wärme begann sich zum vorderen Lustzentrum vorzuarbeiten und dort auszubreiten. Ob sie es schaffen würde...? Gloria hatte sich die Regel zu Eigen gemacht, niemals während einer Züchtigung selbst nach unten zu greifen und nachzuhelfen.

Sie stellte sich vor, die Gerte schwänge nicht der mechanische Helfer, sondern Inka. Als sie die Vorstellung intensivierte, kam ihr die erlösende Idee. Sie stellte sich wirklich vor, Inka wäre die Strafende und Ulrike stünde im kurzen Rock vor ihr, die herrlichen Beine gespreizt und mit der Hand unter ihrem Textil am Werkeln. Dann stellte sie sich vor, wie Ulrike zu keuchen begänne und deren Augen einen Schlafzimmerblick annähmen. Außerdem war die Ulrike ihrer Träume oben ohne, denn aus der Dusche wusste Gloria natürlich, dass hier Attraktives auf Handgreiflichkeiten wartete. Plötzlich stand Silvia hinter Ulrike, führte ihre Arme nach vorn und begann die Brüste ihrer Spielerkollegin zu beackern. „Ich komm' auch noch dran", sagte Silvia, „aber du musst nicht." „Und Inka?" fragte Ulrike. „Sie auch, denn sie möchte es. Wie gefällt dir unsere Vorstellung?" „Gut; vor allem, dass auch Gloria ihre Abreibung kriegt. Immer sind wir es sonst." „Das ist der Sinn der Sache."

Gloria hatte irgendwann unter Schmerzen gestöhnt, aber das gehörte der Vergangenheit an. Unter den Augen Inkas, Ulrikes und Silvias stöhnte sie nun, weil sie kam. Die drei Mädels begutachteten das Stöhnen, Glorias stoßweisen Atem und wie sich Schweiß auf deren Stirn bildete und fanden die Darbietung erregend.

Plötzlich waren die 40 vorbei. Gloria fasste es nicht; wie realistisch ihr die Szene vor Augen gestanden hatte! Scheiß' auf die Konventionen, dachte sie, ich mach' mich an Inka 'ran! Und an Silvia auch! Und Ulrike will ich zuschauen, wie sie sich...! Ich will 'was vom Leben haben! Gloria stellte den Camcorder ab und nahm den Speicherchip mit in ihr Wohnzimmer.

Sie hatte ihre Hand an der richtigen Stelle platziert, als sie die Vorführung startete. Sie schaute in aller Ruhe zu, wie ihr zu Beginn jungfräulicher Po immer dichter mit Striemen übersät wurde, bis diese zum Schluss ineinander übergingen und die ganze Fläche mit einem gleichmäßigen Dunkelrosa überdeckten. Die Gerte drang zwar deutlich intensiver durch als das Paddel, aber das Ergebnis war beeindruckend. Gloria hatte nicht mitgezählt, wie viele Orgasmen sie sich während des fünfminütigen Films 'runtergeholt oder ob es sich um einen einzigen ausdauernden gehandelt hatte, aber das war nebensächlich. Neben rückwärtigen genoss Gloria nun auch Unterleibsschmerzen. Wohlig schnurrte sie.

Dennoch blieb Wehmut. Hier, auf ihrer Couch, hatte sie Alltägliches abgespult, wenn auch Alltägliches, das niemand wissen durfte. Nicht alltäglich war hingegen ihre Vision. Sie bedauerte, dass diese sich verflüchtigt hatte. Wie realistisch ihr alles vorgekommen war, ging ihr nochmals durch den Kopf und stellte sie vor ein Rätsel. Wog sie alle Abgänge des Tages gegeneinander ab, gewann mühelos der eine auf dem Bock unter den Blicken ihrer virtuellen Gespielinnen....

Der wäre nur in intimer Berührung mit echtem Frauenfleisch zu übertreffen.

Laura im Bikini

Lieber Egon, wie Du weißt, bin ich vor einiger Zeit in ein eigenes Häuschen gezogen. Dahinter befindet sich, von Mauern umgeben, ein schnuckliger Garten mit Terrasse, Rasen und einigen Beeten. Ich selbst habe ein aufblasbares Schwimmbecken hinzugefügt. Zur Einweihung habe ich mit meiner Freundin Larissa einige Spielchen ausprobiert, die uns sehr gut gefallen haben. Wir haben nur eins vermisst: Einen Zuschauer, der uns lobt und in gewissem Rahmen mitmacht. Hättest Du Lust dazu, sagen wir am Samstag gegen zwei Uhr nachmittags? Wenn ja, bring' Deine Badehose mit. Herzliche Grüße Laura

Laura. Ich schätzte sie auf mein Alter und war auch der Meinung, dass sie Single und somit genau ‚die Richtige' für mich sei. Ich mied sie dennoch, und zwar aus einem Grund, den zu erzählen mir peinlich ist.

Ich gehe gern auf den Wegen parallel zum Rhein spazieren und bin dort meistens allein. Wie das so bei einem unbeweibten Mann in den besten Jahren ist, überkommt's mich in der Einsamkeit manchmal. Es geht ja schnell: Gespannt ist er schon, also ins Gebüsch, Hose auf und 'raus damit, ein bisschen die Haut vor- und zurückschieben und schon kommt's. Ich habe dabei auch keinerlei schlechtes Gewissen – nur erwischen lassen wäre für mich unangenehm. Und genau das war vor einiger Zeit geschehen: Ich war noch am Wegpacken, als ich ein Geräusch auf dem Saumpfad vernahm. Laura, auch allein unterwegs, kam vorbei und grüßte mich mit einem freundlichen „hallo", denn mein Kopf ragte deutlich sichtbar über das Geäst. „Ha... – hallo", stotterte ich zurück und schon war sie vorbei. Sie hatte hundertprozentig mitbekommen, womit ich mich beschäftigt hatte, auch wenn sie sich nichts hatte anmerken lassen. Ich bekomme bis heute einen roten Schädel, wenn wir uns im Dorf begegnen.

Das heißt bekam, denn nun hielt ich Lauras Brief in den Händen. Der Umschlag trug keine Briefmarke; demnach war sie bei mir vorbeigegangen und hatte ihn eigenhändig in den Briefkasten geworfen.

Bis Samstag hatte ich mehr als genug Zeit für die wildesten Spekulationen; um genau zu sein, konnte ich mich während der verbleibenden Tage auf kaum etwas anderes konzentrieren, so ‚cool‘ ich mich auch nach außen hin zu geben versuchte. Den Brief betrachtete ich als Beweis, dass sie mein damaliges Verweilen abseits des Weges richtig interpretiert hatte. Ob sie einem Mann gern beim Onanieren zuschaut? Das soll's ja genauso geben wie anders herum. Andererseits hatte sie mit Larissa ‚einige Spielchen ausprobiert‘, und dabei musste es sich um Anderes gehandelt haben. Sollte das ‚in einem gewissen Rahmen mitmachen‘ das einbeziehen? Ob sie mit Larissa…? Larissa wohnt im Nachbardorf; sie kenne ich weniger gut, weiß aber, dass sie mit Laura befreundet ist.

Ich hatte mich angestrengt, nicht zu früh zu erscheinen, aber Punkt Zwei stand ich auf der Matte. Laura öffnete mir, strahlte mich an und sagte: „Willkommen, Egon. Komm‘ doch bitte 'rein.“

Zur Besichtigung von Lauras Wohnung genügten wenige Augenblicke, handelt es sich doch um ein sogenanntes tiny house, ein Winzhaus, das für eine Person gerade zum Aufenthalt genügt. So ein Ding wird wie in den USA auf einem Tieflader angekarrt und einfach auf das Grundstück gestellt, ohne Keller und weitere Befestigungsmaßnahmen. Immerhin sind Wasser- und Stromanschlüsse von vornherein passend ausgelegt.

Während ich mehr in die Betrachtung von Lauras Figur als in die Geheimnisse ihrer Kochnische vertieft war, hörte ich ein draußen Auto einparken. Kurz darauf klingelte es. „Das ist Larissa. Gleich wirst du sie kennenlernen.“

Larissa ist ein bisschen üppiger gebaut als Laura, aber absolut im angenehmen Bereich verblieben. Beide hatten ein leichtes Sommerkleid an, das die Oberschenkel halb bedeckte. „Erstmal Kaffee“, verkündete Laura und stellte die Maschine an; sie hatte bereits alles vorbereitet. „Nun ab in den Garten."

Der entsprach genau ihrer brieflichen Beschreibung. Auf der Terrasse war ein niedriger Tisch und daneben waren parallel drei Liegestühle aufgebaut. „Du kommst zwischen uns", beschied Laura mir und wies auf den mittleren der Stühle. Bald darauf standen Kaffee und Kuchen auf dem Tisch und wir übten uns in Smalltalk. Für mich war das Ganze ein Traum: Links und rechts von zwei duftenden weiblichen Körpern umgeben schaffte ich es nur mit Mühe, meine Tasse ohne zittern zum Mund zu bewegen. Dazu hatten beide ihre Säume hochgezogen, soweit es im Sitzen ging, sodass ich nun, da wir wegen des Kaffees die Lehnen steil gestellt hatten, ungestörten Ausblick auf vier atemberaubende Beine genoss.

„Ich glaube, wir richten uns jetzt", schlug Laura vor, nachdem sie ihren letzten Schluck intus und ihre Tasse abgestellt hatte, „bei uns ist es ganz einfach. Schaust du bitte zu, Egon?"

Das ließ ich mir nicht zwei Mal sagen, egal was da kommen mochte. Zunächst erhoben sich beide, entledigten sich mit synchronem Schwung ihrer Kleider und ließen sie achtlos auf den Boden gleiten. Sie standen jetzt in Bikinis da, die beide gleich geschnitten und gemustert waren, nur einer blau mit gelben Streifen und der andere gelb mit blauen Streifen – und zwei Nummern größer, denn in dem steckte Larissa.

„Und jetzt du." „Was?" „Na, deine Badehose!" „Ach so." Ich wollte ins Haus gehen, wurde aber zurückgepfiffen. „Nichts da, hic Rhodos, hic salta!" „Aber…." „Nichts aber! Ein bisschen 'was wollen wir ja auch sehen."

Eigentlich genoss ich, von zwei kritischen Frauen gemustert zu werden. Ob ich ein Adonis bin, wage ich zu bezweifeln, aber wenigstens einigermaßen groß, muskulös und bierbauchfrei. Außerdem war ein bestimmter Körperteil bereits leicht angeschwollen, obwohl ich das zunächst hatte verhindern wollen. Bei Anblicken wie den mir aktuell gebotenen geht es für einen normalen Mann einfach nicht anders.

Offenbar war die Besichtigung zur Zufriedenheit ausgefallen, denn beide nickten wohlwollend. „Ich glaube, wir fangen an. Larissa?" Larissa nickte, begab sich durch das Haus zu ihrem Auto, holte ein Fünfliterfässchen Bier aus dem Kofferraum, schleppte es in den Garten und stellte es auf die Tischkante. „Weißt du", wandte sich Larissa fast entschuldigend an mich, „ich arbeite in einer Brauerei. Ich kriege auch ein Zwanzigliterfass gestemmt und geschleppt." Sollte das als Warnung dienen, nicht zu frech zu werden?

„Eine schnöde Sauferei?" fragte ich. Es klang anscheinend enttäuscht, denn Laura, die gerade mit drei Maßgläsern aus der Küche – oder besser gesagt von ihrem Küchenschrank – zurückkam, beruhigte mich sogleich. „Das ist das Mittel zum Zweck. Wie ich von Dorffesten weiß, trinkst du ganz gern Bier." Larissa bestätigte ihre Worte – die mit der Brauerei – dadurch, dass sie mit einem gezielten Schlag den Zapfhahn in das Fass trieb und sogleich geschickt die Gläser zu füllen begann. „Soso, ich werde also beobachtet?" „Auf Dorffesten wird jeder immer beobachtet, aber ich achte seit damals besonders auf dich." „Seit damals?"

Das erste Bier war bereit. Larissa hatte das ohne Schaumschlägerei geschafft, ein Profi! Laura sah mich verschmitzt an. „Ich glaube – nein, ich bin überzeugt, dass du genau weißt, wovon ich rede." Natürlich wusste ich es. Ich bemühte mich, nicht wieder rot zu werden. Allerdings merkte ich, dass der entscheidende Akt nunmehr eröffnet war. „Mir war das peinlich", gestand ich, „nicht zuletzt hättest du mich wegen Erregung öffentlichen Ärgernisses anzeigen können." „Warum hätte ich das tun sollen? Meinst du, ich mache das nicht ab und zu auch? Auf weibliche Art natürlich."

„Jetzt endlich prost!" Larissa hatte die drei Liter abgefüllt und wartete darauf, dass angetrunken wurde. „Prost!" „Prost!"

„Manchmal gehen wir gemeinsam spazieren und machen's uns gegenseitig", erläuterte Larissa, „die beiden Sommerkleidchen, die wir zuerst anhatten, sind unsere Orgasmusfummel. Mal haben wir 'was drunter, mal nicht – je nach Laune. Wir beglücken uns dann über Kreuz."

„So etwas wird schnell zum Selbstläufer", doppelte Laura nach, „wie bei Pawlows Hund. Kaum das Ding an und schon fängt's an zu jucken. Manchmal genügt eine leichte Berührung unten."

„Mit Männern habt ihr's gar nicht?" Allmählich fragte ich mich, zu welchem Zweck die beiden mich eingeladen hatten. „Doch, doch, aber nichts mit fester Bindung. Da sind sich die Geschlechter zu wesensfremd. Gegen ein Abenteuer gibt's nichts einzuwenden. Für dich interessiere ich mich seit, äh..., damals; leider bist du mir immer ausgewichen. So musste ich die Sache undiplomatisch-direkt angehen."

Wir saßen, mit unseren Humpen in der Hand, wieder auf den Liegestühlen, Larissa links und Laura rechts von mir. Larissa winkelte ihr rechtes Bein an und legte mir die Außenseite ihres Knies auf mein linkes; Laura tat dasselbe seitenverkehrt. „Die Fahrgestelle sind übrigens zum Begrabschen freigegeben." „Du kannst dir gleich überlegen", konkretisierte Laura, „welche Konfektionsgröße dir besser gefällt."

Eine Weile änderte sich nicht viel. Ich musste immer wieder mit dem Bierglas jonglieren, um mal die eine, mal die andere Seite des mir Dargebotenen zu würdigen. Sie fühlten sich wirklich galaktisch an. Ich fragte mich, wie es weitergehen solle.

Während ich mein Behältnis erst halb leer hatte, hatten die Frauen ihre Portionen bereits weg. „Ich hoffe, du empfindest es nicht als ungerecht, wenn wir für uns zwei, für dich aber nur ein Maß vorgesehen haben. Es gehört zum Plan", erklärte Larissa, als sie nachfüllte. „Hm-m." Ich wurde immer neugieriger, worin dieser Plan bestehen würde. Ich war aber nicht ungeduldig, denn es gibt Schlimmeres als jede Hand auf dem Oberschenkel einer anderen Frau ruhen zu haben und darauf herumzufingern. Die unterschiedlichen Durchmesser waren ohne weiteres ertastbar, während beider Haut und Muskeln sich nichts gaben; geschmeidig und straff strahlte deren Erotik wohlig auf mich ab.

„Ich glaube, es geht los", verkündete Laura. „Hm-m", bestätigte Larissa.

„Du musst wissen", wandte sie sich an mich, „dass wir außer dem Üblichen – durch Vagina stimulieren oder mit 'was in ihr drin – zwei weitere Sachen gern machen. Jetzt wirst du das erste davon gleich sehen."

Beide erhoben sich und stellten sich mit dem Rücken zu mir breitbeinig auf den Rasen. Er wies gerade genug Fläche auf, dass sie dafür Platz fanden. Dann bückten sie sich leicht, stützten ihre Hände oberhalb ihrer Knie ab und stimmten sich ab: „Bei drei: Eins, zwei, drei!" Dann öffneten sie ihre Schleusen und wiederum synchron wie eingeübt – was es wahrscheinlich auch war – plätscherte die erste Tranche von zwei Mal 1½ Litern Bier auf das Grün.

Ich fühlte mich seltsam berührt. „Ich müsste eigentlich auch 'mal", eröffnete ich ihnen ein wenig kläglich, als sie sich wieder neben mich gesetzt hatten. „Dann mach' doch", ermunterte mich Larissa, „gern in die Badehose." „Du darfst aber auch auf die Toilette", relativierte Laura, „wir wollen niemanden zu etwas zwingen."

„Vor euch geht schon, aber ich habe ein männliches Problem." „Das Ding ist zu steif?" „Genau. Ich darf's aber nicht anfassen, sonst kommt gleich etwas ganz anderes. Ich versuch's. Wollt ihr zugucken?" „Klar!"

Ich stellte mich so, dass die beiden mich von vorn sahen. Die ersten Tropfen kamen recht zögerlich, aber als der Fluss einmal in Bewegung gekommen war, strömte es in anständiger Quantität an mir herunter. „Entschuldigt, aber so wie ihr kann ich das nicht steuern." „Schon gut. Schau' mal." Ich schaute. Laura und Larissa waren von meiner Vorstellung anscheinend so angetan, dass sie die Finger auf die feuchten Stellen ihrer knappen Hüllen drückten und zu reiben begannen. „Und? Kommt ihr?" Die Frage war überflüssig, wie ihr Stöhnen bewies.

Mittlerweile waren die Gläser ausgetrunken, das Fass damit leer und die Blasen wieder gefüllt. Beim zweiten Mal wandten die Frauen mir ihre Vorderfronten zu, drückten ihre Hüften ein bisschen nach vorn und spritzten ange-wärmtes Bier in kleinen Bögen durch den Bikinistoff. Das dritte Mal ließen sie es einfach auf den Innenseiten ihrer geschlossenen Beine hinablaufen. „Das Gras wird bei so viel Naturdüngung wachsen wie blöde", kommentierte Laura.

Es sollte eigentlich unangenehm riechen, aber ich emp-fand es merkwürdigerweise nicht so. Als ich das beiläufig erwähnte, sagte Larissa über mich hinweg zu Laura: „Ich glaube, wir haben den Richtigen ausgewählt.

Und nun", zu mir gewandt, „bevor wir uns unserer dritten Neigung zuwenden, eine Bitte." „Und welche?" „Eine feuchte Bikinihose ist ungemein anregend. Könntest du...?"

Ich verstand und platzierte meine Finger bei beiden dorthin, wo der Segen durchgekommen war. Ein bisschen krabbeln und beide begannen zu keuchen. Ihr Keuchen ging in das mir bereits bekannte Stöhnen über und ebbte ab. „Zufrieden?" „Ja. Jetzt aber weiter im Programm."

Was sollte noch kommen außer...? Ich hoffte natürlich, dass auch ich bald erlöst würde, denn allmählich steigerte sich meine Spannung ins Unerträgliche.

Laura holte eine elastische Reitgerte aus dem Küchen-schrank. Sollte...?

Ja, es sollte. Laura kreuzte ihre unteren Gliedmaße und bückte sich so tief hinab, dass ihre Händen die Fesseln umgriffen, und zwar links zu links und rechts zu rechts, denn ihre Arme hatte sie ebenfalls gekreuzt. Die Pose erinnerte mich an das Werbebild des Films *Secretary*. Obwohl sie selbst darin nicht vorkommt, wurde sie da-durch in der Spankingszene bekannt. „Oh Larissa, mach' das nicht. Ich weiß nicht mehr, wie ich's halten soll." „Zieh doch die Hose aus, das nimmt die Spannung", lautete ihr trockener Vorschlag.

Die Züchtigung begann. Der Stock traf mit pfeifendem Geräusch auf das hochgestreckte Hinterteil. Laura mucks-te sich nicht, obwohl das Höschen nahezu keinen Schutz bot. Hätte Laura wenigstens einen Lederrock an! Ich hätte eigentlich mitleiden müssen, aber meine Erregung hatte sich derart gesteigert, dass ich mich darauf zu konzentrie-ren hatte, havariefrei zu bleiben.

Nach ungefähr 20 Hieben beendete Larissa die Prozedur. „Willst du auch mal?" fragte sie, indem sie mir das Folter-instrument hinhielt. „Sicher nicht. Wenn ihr Frauen euch eure Rückfronten poliert, ist das heiß genug und ihr könnt es vor euch rechtfertigen. Aber ich als Mann...; nein, auf keinen Fall, danke für das Angebot.

Aber eine Frage." „Ja?" „Gibt's Revanche? Ich meine, du hast ja den ausladenderen Po." „Klar."

Laura hatte sich mittlerweile erhoben und nahm ihrer Freundin das Arbeitsgerät aus der Hand. „Klar", sagte auch sie. „Larissa? Darf ich bitten?"

Larissa bildete dieselbe Skulptur wie Laura zuvor und nun zischte es auf ihr Gesäß. Der großflächigere Landeplatz verursachte tatsächlich ein tieferes Geräusch. Nach eben-falls ungefähr ebensoviel Treffern, wie sie selbst kassiert hatte, beendete auch Laura die Prozedur. Beide Frauen standen nun auf der Wiese und rieben ihre immer noch bedeckten Hinterteile. „20 sind genug, das gibt ganz schön Striemen. Du wirst sie gleich sehen." Ich sah von einer zur anderen. Was hatte ich bisher erleben dürfen! Die dunklen, allmählich trocknenden und einen unübersehbaren Blickfang bildenden Stellen ihrer Bikiniunterteile wiesen allein auf mehr als ungewöhnliche Spiele hin.

„Habt ihr da eigentlich 'was von? Ich meine, von dem Spanking." „Sieh an, der Herr weiß, was das ist.

Ja, haben wir. Allerdings lediglich Selbstzweck. Zu einem direkten Orgasmus kommt's nicht. Das werden wir aber gleich nachholen. Wir sind dir ja einiges schuldig."

Das klang spannend. Larissa setzte sich in das Schwimmbecken, das bisher keine Rolle gespielt hatte, und genoss das kühle Nass. „Ah, das tut gut. Langsam werde ich wieder sauber.

Wie oft kannst du eigentlich?" Ich hatte nie zuvor erlebt, dass eine Frau einen Mann zu diesem Punkt so direkt examiniert. Ich stotterte herum. „Naja, allzuoft habe ich nicht Gelegenheit. Hin und wieder schaffe ich drei Mal relativ rasch nacheinander." „Ausgezeichnet. Du musst nämlich zwei Grotten beglücken und uns einmal 'was vorführen. Es sieht so aus, als ob das funktionieren könnte." Diese Aussage erhärtete meinen ursprünglichen Verdacht, dass die Frauen mir beim Onanieren zuschauen wollten.

Larissa lag ruhig im klaren Wasser. Laura schaute auf sie hinab. Ich gesellte mich ihr zu. Larissa hatte die Schenkel mäßig geöffnet. Plötzlich kam leichte Wallung ins Becken und Schlieren in kaum wahrnehmbaren Gelb stiegen von einer bestimmten Stelle nach oben. „He", rief Laura, „strull' mir nicht in meinen Pool." „Hab' dich nicht so; es ist ja vom Bier schon alles dünn und hier drin wird's noch dünner."

„Ganz unrecht hast du nicht. Wenn ich nasse Füße kriege, muss ich sicher auch nochmal." Mir stockte der Atem, als Laura in das Becken stieg und mit gespreizten Beinen über Larissa verharrte – soviel Platz war knapp darin. „Achtung, gleich geht's los!" Immerhin ergoss Laura ihren

Blaseninhalt nicht in Larissas Gesicht, sondern auf deren Bikinioberteil.

„So, jetzt bist endlich du dran!" Das galt mir. Beide Frauen waren dem Becken entstiegen, Larissa tropfend und Laura immer noch mit dem dunklen Fleck vorn auf ihrem Textil, und sahen mich herausfordernd an. „Du hast freie Auswahl. Welche willst du zuerst?" Oje, ich würde nicht darum herumkommen. Zum Glück fühlte ich mich erregt genug, dass es mindestens zwei Mal klappen würde. Ob auch ein drittes ...?

„Weißt du 'was, Laura", sagte ich, „du bist im Urzustand. Ich hab' noch nie auf ein vollgepinkeltes Bikinihöschen gewichst. Ihr wollt mir doch sowieso zuschauen. Ich glaube, das ist die beste Gelegenheit."

Ich hatte richtig vermutet, denn keine widersprach. Laura begab sich ohne Federlesens zu ihrem Liegestuhl, setzte sich, stellte die Rückenlehne flacher und ließ ihre Waden seitlich heraushängen. Damit bot sie mir ungehemmten Blick auf den dunklen Fleck ihrer jüngsten Vergangenheit. „Nur zu", forderte sie mich auf, „und mach' dir wegen der Möbel keine Gedanken. Die sind einiges gewohnt. Ich spül' sie nachher oder morgen einfach mit dem Schlauch ab."

Larissa stellte sich neben ihre Freundin und gemeinsam schauten sie meinen rhythmischen Schiebebewegungen zu. Lange brauchten sie nicht zu warten, denn mein bestes Stück war bereits so lange im Alarmzustand, dass es nach wenigen Sekunden geradezu explodierte. Der klebrige Segen verteilte sich großflächig über Laura, ihren Bikini, ihren Bauch und bis in ihr Gesicht. Weder sie noch Larissa zögerten und begannen an sich zu reiben. „Bisschen schnell, aber kein Wunder. Wir kriegen's hin." Auch bei den Frauen dauerte es wenige Sekunden, bis das gewohnte Stöhnen einsetzte.

Nachdem sie sich beruhigt hatten, bemerkte Laura: „Bei jenem Spaziergang warst du offensichtlich schon fertig.

Ich glaube, ich wäre sonst glatt zu dir ins Gebüsch 'runtergestiegen und hätte dich gefragt, ob ich zugucken darf." „Du bist mir eine.

Könnt ihr eigentlich sooft ihr wollt?" Die Frage war an beide gerichtet. „Bei Gelegenheiten wie dieser ja", seufzte Larissa, „aber das ist leider selten. Bei normalem Sex – also Fahrgestell auseinander und 'rein mit dem Zeug – klappt's manchmal gar nicht. Wir sind dir dankbar."

Ich fühlte mich geschmeichelt. Erst jetzt kam mir der Gedanke, dass beide je zwei Liter Bier intus hatten und ihnen das nicht anzumerken war. „Ihr seid ganz schöne Säuferinnen", verkniff ich mir nicht zu bemerken. „Alles durchlauferhitzt und im Garten deponiert", kam es von Laura, „aber jetzt säubere ich mich erstmal." Dass das Wasser im Becken nicht mehr jungfräulich war, störte sie nicht. Es war ja stark verdünnt.

„Was denkst du?" Larissa war wieder auf dem Boden der Tatsachen. „Was soll ich denken?" „Na, kannst du wieder?" „Oje, ein bisschen übereilt. Gib mir noch ein bisschen Zeit." „Ich helfe nach."

Larissa entledigte sich ihrer nassen Badegarderobe und präsentierte mir ihren Po. Die Striemen des Spankings waren deutlich erkennbar. „Macht dich das an?" Ich fühlte Kraft in mir aufsteigen. „Scheint so. Darf ich daran herumtätscheln?" „Du darfst alles, auch draufhauen, wenn dir das 'was gibt."

Das nicht, aber gegen intensives Kneten und Drücken gab es nichts einzuwenden. Wie herrlich heiß die Haut trotz des Aufenthaltes im Wasser geblieben war! Die Striche mit der Gerte waren wirklich heftig gewesen. „Laura, spielst du Stütze?" „Ich möchte doch zusehen. Warte, ich hole zwei Hocker und du lehnst dich gegen die Mauer."

So ging es, denn Larissas Pforte zum Paradies war auf diese Weise hoch genug positioniert, dass es keiner Verrenkung bedurfte, um im Stehen in sie einzudringen. Während Laura uns zusah, holte sie sich einen weiteren 'runter.

Eine halbe Stunde später war ich soweit, die gleiche Wonne mit vertauschten Damen erneut zu spenden. Auch Larissa genoss offensichtlich, einer Freundin zuzuschauen, wie sie von einem Typen 'rangenommen wurde. Sie bedauerte, dass wir nicht anders herum vorgegangen waren, denn dem Mann kommt der Saft umso später, je öfter sein Einsatzorgan beansprucht wird. Beim dritten Mal, sofern es das schafft, bleibt es folglich ganz schön lange steif und hart. „Naja, ich hoffe, dass eine Wiederholung drin liegt", tröstete sich Larissa.

Ich hoffte, dass Larissas Wunsch ein Wunsch bleiben würde. Erstaunlich, wie fühlbar unterschiedlich die bewussten weiblichen Körperöffnungen sind. Während Larissas einladend eng, aber unspektakulär ist, hatte Laura wohl trainiert. Ihre Vaginamuskeln begannen unmittelbar nach Besuchsbeginn Wellenbewegungen in Richtung ihrer Gebärmutter zu erzeugen und melkten meine Hoden regelrecht. Nach einer Runde mit dieser Sparringpartnerin dürfte mein Großer für viele Stunden oder gar den Rest des Tages klein bleiben. Ich verspürte sogar leichte Unterleibsschmerzen.

Laura richtete sich keuchend auf. „Wie oft?" fragte ich in die Runde. „So genau hab' ich nicht mitgezählt, da wir ständigen Handbetrieb…; zehn bis zwölf Abgänge, denke ich."

Allmählich wurde es dunkel. Wir ordneten unsere Sachen und sahen wieder öffentlichkeitstauglich aus. Die Bikinis und die Badehose waren fürs Erste im Pool gelandet. „Wisst ihr 'was", schlug ich vor, „wie wär's mit einem tollen Abendessen im ‚Adler'? Einen so geglückten Nachmittag – meine ich jedenfalls – gilt es zu feiern."

Ich war stolz wie Oskar, dass ich, der trotz meines ‚besten Alters' als einsames Herz gilt, diesmal mit gleich zwei heißen Miezen im Schlepptau in meinem Stammrestaurant aufkreuzte.

Spaziergang für Olivia

Heute berichte ich von meinem angenehmsten Freier, obwohl das Stichwort ‚Spanking' eher an Schmerzen denken lässt.

Der alte Rufus kann nicht mehr richtig, streichelt aber immer noch gern Frauenhaut. Da hätte er von einer Standardnutte nicht viel, denn die rauscht an, macht's ihrem Kunden und geht wieder. Wenn der keinen hochkriegt, hat er eben Pech gehabt.

Rufus erkundigte sich intensiv bei meiner Puffmutti, wie sich die Sache verlängern ließe und vor allem, wie er zu seinem Vergnügen käme, auch wenn's ihm an Kraft fehle. Er bestand auf ausschließlich telefonischem Kontakt, denn in einem Etablissement wie unserem wolle er sich auf keinen Fall blicken lassen.

„Hast du eine Idee, Olivia?" Mutti hatte mich in ihr Büro beordert, denn ich bin einer ihrer erfahrensten Mitarbeiterinnen und werde meistens zu Rate gezogen, wenn eine Aufgabe etwas knifflig ist.

„Was ist das für ein Typ?" „Ein emeritierter Professor. Rufus heißt er. Geld hat er anscheinend, denn als ich ihm sagte, dass zwei Stunden locker zwei Riesen kosten, versuchte er nicht, mich 'runterzuhandeln. ‚Na schön', meinte er, ‚aber sie soll sich anstrengen'. Bist du gewillt, dich anzustrengen, Olivia?" „Sicher, schon aus Berufsehre.

Zwei Stunden. Nur an ihm unten 'rumzumachen dürfte es wohl nicht bringen. Küssen ist nicht drin, da gibt's keine Ausnahme. Ein bisschen an mir 'rumstreicheln darf er, aber ob...; ich hab' eine Idee!" „Darauf hatte ich gehofft." „Naja, was viele wollen, aber meistens nicht bezahlen können." „Ich ahne es." „Welchem Mann macht Spanking keinen Spaß? Ich hoffe natürlich, dass Rufus' übrigen Kräfte auch nicht mehr viel hergeben, wenn die seiner fünften Extremität weitgehend erloschen sind."

Mutti nahm ihr Mobiltelefon und suchte eine vorprogrammierte Nummer. „Hallo Rufus, ich glaube, wir haben's. Können Sie sich vorstellen, einer Dame den Hintern zu versohlen?" „...." „Doch, doch, das ist gestattet, auch in diesem preislichen Rahmen." „...." „Natürlich haben wir Regeln. Sie dürfen sie nicht verletzen und sie muss hinterher noch sitzen können." „...." „Kein Problem, flache Hand ist die einfachste Variante. Sie dürften sogar noch flache Gegenstände wie Haarbürste, Lineal oder Fliegenklatsche...." „...." „Okay, ich schick' sie Ihnen."

Mutti brach das Gespräch ab. „Ungefähr weißt du nun, was dich erwartet. Wir haben heute Abend um Sechs ausgemacht. Hier ist die Adresse." –

Die stattliche Villa entsprach meinen Erwartungen. Mir öffnete auch ziemlich genau die Person, die ich erwartet hatte: Ein älterer, leicht gebeugter Herr in tadelloser Garderobe. Ich sollte bald feststellen, dass er auch tadellose Manieren an den Tag legte.

Er wirkte gehemmt. „Guten Tag. Sind Sie die bestellte Dame?" „Guten Tag. Ja, bin ich. Mein Name ist Olivia. Ich werde versuchen, Ihre Wünsche zu erfüllen." „Kommen Sie bitte herein."

Zunächst gab es Kaffee. Ich fand den Mann sehr nett – fast süß – und versuchte, ihn ein bisschen aus der Reserve zu locken. „Ich weiß, dass Sie Rufus heißen. Darf ich Sie so nennen?" „Selbstverständlich. Und ich Sie Olivia?" „Gern. Wissen Sie, unsere Freier erfahren unsere Familiennamen normalerweise nicht. Häufig sind auch unsere Vornamen erfunden. Ich heiße allerdings wirklich Olivia."

Ich war mir nicht sicher, ob er mir das glaubte. Der Kaffee war beendet und Rufus führte mich in sein Schlafzimmer. Obwohl er sich das Recht erkauft hatte, traute er sich nicht, mich offen zu mustern. Verstohlen tat er das natürlich. Männer glauben anscheinend, Frauen bemerken das nicht.

Ich stellte mich in die Mitte des Raums, einige Meter vom Bett entfernt. „Rufus, Sie dürfen mich anschauen. Ich lebe davon. Ich bin selbstredend bereit, Ihnen mehr zu zeigen." Mich bedeckte ein normales Sommerkleid, das knapp über dem Knie endete und mich sehr durchschnittlich aussehen ließ. Einzig meine weißen Lackstiefel vermittelten einen Hauch von Kapriziosität.

Rufus sah mir ins Gesicht. „Darf ich wirklich?" Ich strengte mich an, nicht zu lachen. Welche Bescheidenheit, was für ein Benimm! Wenn ich denke, was sich andere Typen so alles leisten.... „Dafür bin ich hier. Sie dürfen mich auch anfassen."

Ganz vorsichtig näherte er sich mir, als bestünde Gefahr, dass ich ihn beiße. Endlich legte er mir eine Hand auf meine Schulter. Ich lächelte ich an, nahm seine Hand und platzierte sie auf meinem Busen. Er reagierte beinahe erschrocken. „Hatten Sie je mit einer Prostituierten zu tun?" fragte ich ihn. „Ehrlich gesagt nein", kam zögernd die Antwort, „ich wäre auch nie auf die Idee gekommen, wenn..., wenn..." „...wenn bei Ihnen noch alles so wäre wie früher.

Sagen Sie, waren Sie einmal verheiratet?" „Nein. Aber ich hatte dennoch, ich meine...." Klar, Herr Professor, die eine oder andere Studentin wird sicher gegen eine aufgebesserte Note ihre Beine gespreizt haben. „Welche Fächer haben Sie gegeben?" „Latein und Geschichte für Lehramt." „Interessant." Interessant, denn für Lehramt ist ein respektabler Frauenanteil sicher. Wer Informatik oder Astronomie doziert, kommt schlechter an weibliches Fleisch 'ran.

Er hatte den Mut gefunden, an mir herumzugrabschen. Ich fand an der Zeit, endlich mein Geld zu verdienen. „Ich soll und werde Ihnen ein bisschen helfen. Zunächst: Wie gefällt Ihnen mein Outfit?" „Was bitte?" Ich unterdrückte ein weiteres Mal ein Lachen. Rufus wusste mit dem Begriff nichts anzufangen. „Naja, wie ich angezogen bin. Hatten Sie etwas Heißeres erwartet?" „Eigentlich ja; wenn ich im

Fernsehen einen Film anschaue, in dem Nu…, äh Prostituierte auftreten, haben die meistens kurze, enge Röcke an." „Sehen Sie, das habe ich mir gedacht."

Ich trat einen Schritt zurück, fasste mein Kleid am Saum und zog es über den Kopf aus. Darunter trug ich einen knackengen Latexrock und ein Wams aus demselben Material, das gerade meine obere Blöße bedeckte. „Besser so?" „Oh." Ich merkte, dass sich Rufus' Aufmerksamkeit sehr gesteigert hatte. „Wissen Sie, wie das Ding um mein Becken heißt?" „Rock, nehme ich an." „Spankingrock. Wissen Sie, was Spanking ist?" „Äh, nein." „Erinnern Sie sich, was sie mit meiner Puffmu…, ich meine meiner Chefin ausgemacht haben?" „Naja, dass sich die Dame den…, den…" „…Hintern versohlen lässt, völlig richtig. Das moderne Wort dafür ist Spanking. Muss gemäß unserer Zeit englisch sein, braucht Sie aber nicht zu stören. Sollen wir anfangen?"

Rufus wusste nicht, wie er anfangen sollte. „Ich schlage etwas vor. Ich bücke mich über das Bett und Sie hauen einfach drauf. Und nicht zu schüchtern."

Es klatschte einige Male so verhalten, dass ich fast nichts spürte. „Sie dürfen gern fester – ja, so ist's besser." Nach ungefähr 15 Schlägen war Rufus beinahe schon erschöpft. „Macht Ihnen das wirklich Spaß – ich meine, sich verprügeln zu lassen?" „Was heißt Spaß. Es ist mein Job. Ich werde oft bei Spankingaufträgen geschickt. Mein Po hat eine schöne Speckschicht, sodass es mir kaum etwas ausmacht. Sie sind wirklich sehr sanft."

Ich erhob mich und drehte mich um. „Ich möchte gern zum Ziel kommen. Zunächst: Haben Sie keine Sporthose, Badehose oder Boxershorts? Ich bin entschlossen, Sie zum Orgasmus zu bringen, und da sollte man nicht allzuviel anhaben."

Rufus rang sich eine Art Grinsen ab. „Boxershorts, aus vergangenen Zeiten, ja. Sie passen sogar noch." „Dann los."

Erstaunlich, wie sich Menschen wandeln, wenn sie einen steifen Anzug gegen Sportliches tauschen. Rufus wirkte gleich viel lockerer und kam allmählich mit eigenen Vorschlägen. „Hören Sie", meinte er, „so ein Dingsrock knallt ja herrlich, aber spüren Sie meine Hand eigentlich?" „Kaum." „Haben sie Sehnsucht danach?" Eigentlich nicht, aber das konnte ich so direkt nicht sagen. „Sie können ja einen Gegenstand nehmen", antwortete ich diplomatisch, „eine Fliegenklatsche oder ein Lineal." „Das hat Ihre Chefin auch gesagt. Hat sie Sie informiert?" „Der Vorschlag kam von mir. Ich darf mich bei Mutti durchaus einbringen." „Oh, das überrascht mich angenehm. Ich hatte gedacht, Sie müssten alles einfach erdulden." „Naja, unser Geld müssen wir verdienen."

Ein Holzlineal ist in einem Professorenhaushalt aufzutreiben. Zum ersten Mal ging es richtig zur Sache. Ich weiß, dass mein Hinterteil in Bückpose unglaublich verlockend aussieht, wenn sich der Spankingrock darüber spannt, und Rufus mobilisierte einige Energie, mich das Lineal spüren zu lassen. „Sie müssen sagen, wenn's Ihnen zu weh tut; dann höre ich auf." Lieber Rufus, klar ziept's, aber da bin ich wahrlich anderes gewohnt!

Während einer schöpferischen Pause schlug ich vor, weiterzugehen. „Wollen Sie nicht alles von mir sehen? Sie dürfen auch aufs Höschen oder auf den Nackten." „Das darf ich?" „Sicher. Was von beiden?" „Ich glaube, dann lieber ganz ohne."

Ich hatte eine Idee. Nachdem ich mich des Rocks und des Slips entledigt hatte, bestieg ich das Bett und legte mich flach auf den Bauch. Lediglich meine sexy Stiefeletten und mein Oberteil hatte ich anbehalten.

„Oh." „Einladend, nicht?" Ich gab einige Anweisungen. „Die Pobacken sind das Ziel, zur Not in die Spalte und bis zu den Schenkeln 'runter. Aber keinesfalls höher; das würde die Nieren gefährden."

Die Rundungen waren bereits leicht gerötet und ich weiß, dass das auch den müdesten Mann munter macht. Rufus verpasste mir einige Schläge mit dem Lineal, was richtig wehtat. Ich hütete mich zu jammern. Dann kam er von selbst drauf. „Olivia?" „Ja?" „Ich glaube, ich nehme nur die Hand. Ich glaube auch, das würde mich mehr anmachen." Ich schnurrte. Ich hatte meinen Kunden soweit wie ich wollte. Herrliche Wärme durchströmte mich und ich musste aufpassen, nicht selbst einen Abgang zu erleben. Nutten sollten sich während ihrer Arbeit nicht vergnügen. Und Rufus?

„Olivia?" „Ja?" „Kannst du dich ganz schnell auf den Rücken drehen? Ich kann, ich meine, ich muss...."

Er hatte einen Steifen. Er zerrte seine Hose 'runter und stürzte sich auf mich. Ich erwartete seinen Ständer mit weit geöffneten, eine Linie bildenden Oberschenkeln und in die Luft gestreckten Stiefeln, damit er es so bequem wie möglich hatte. Während ich eine respektable Portion Samenflüssigkeit in mich hineinlaufen spürte, dachte ich: Sieh an! Spätestens wenn der Stecker in die Dose dringt, landet jeder beim ‚du'. —

Rufus bestellt mich im Schnitt alle zwei Wochen. Mein erster Besuch hatte ihm so imponiert, dass er darauf besteht, dass ich es bin, die ihn beglückt. Wenn ich unabkömmlich bin, verschiebt er den vorgesehenen Termin.

Mittlerweile haben wir den Besuch ritualisiert. Das mit dem Spankingrock lasse ich weg, denn das interessiert ihn nicht besonders. Ich beginne meinen Dienst in der Garderobe, die ich gerade anhabe, und die ist unspektakulär. Dann ziehe ich mich aus und ich lege mich auf das Bett auf den Bauch, wie es sich beim ersten Mal bewährt hatte. Rufus ist sehr gesprächig geworden; mittlerweile kenne ich praktisch seine gesamte Lebensgeschichte. So ist ihm wichtig, dass er seine Affären mit den willigen Studentinnen heute bedauert. Ich bin praktisch seine Psychotante, Beichtmutter (gibt's sowas?) und Ratgeberin fürs praktische Leben in einem. Und Betthäschen. Ich habe ihm einmal vorgeschlagen, dass es doch sicher erregend sei, einen heißen Po von hinten zu ficken, und er nahm die Anregung an. Zweimal bei einer Sitzung schafft er nicht, aber ich habe das Gefühl, dass er immer schneller kommt. Er sagt selbst, dass ich ihm zu einem zweiten Frühling verholfen hätte. Für mich erfreulich und der Grund, warum ich zu Beginn Rufus als meinen angenehmsten Freier bezeichnete, ist, dass er mich praktisch nicht mehr schlägt, weil ihm unsere Gespräche viel wichtiger sind. Er lässt ab und zu seine Hand auf eine meiner Backen fallen, aber das kann ich nur als Liebkosung werten. Irgendwann spielten wir beide splitternackt miteinander, um Rufus zu ermöglichen, sanft über andere Körperteile streicheln und meinen Rücken und meine Kniekehlen mit Küssen bepflastern. Manchmal wende ich ihm meine Vorderfront zu. Dann widmet er sich meinem Busen und Gesicht und natürlich Schenkeln und Knieen. Nur wenn er an meiner vorderen Öffnung zu fingern oder zu lutschen beginnt, bitte ich ihn, davon abzulassen. „Du weißt doch, dass eine Nutte im Dienst keinen Orgasmus kriegen sollte." „Ich stell's mir so schön vor."

Ich betrachte die Sitzungen als Spaziergang. So kann es bleiben. –

Ursprünglich hatte ich vorgesehen, meinen Bericht mit dem Wort ‚bleiben' zu beenden. Nun ist geschehen, was ich hätte voraussehen müssen, aber immer als albernes Gedankenspiel von mir gewiesen hatte: Rufus hat um meine Hand angehalten.

Ich bin völlig durcheinander. Meine Puffmutti sieht das praktisch. „Für mich wäre dein Abgang ein großer Verlust, klar. Aber du musst an dich selbst denken. Nämlich nur noch den Rest seines, nicht deines Lebens mit ihm verbringen. Und dann bist du Witwe eines hochdotierten Beamten. Das kannst du nicht ausschlagen."

Ich finde es gemein, schon beim Jawort den Tod des Gatten einzukalkulieren, aber bezeichnenderweise schnitt Rufus das Thema von sich aus ebenfalls an. „Das ist doch mein Aktivum", erklärte er, „dessentwegen ich hoffe, dass du mich nimmst. Ich weiß doch, dass uns 45 Jahre trennen. Du kannst sicher sein, dass ich dir von Herzen alles gönne, was du hier vorfindest, denn du hast mich locker um gefühlte 20 Jahre verjüngt. Mach' dir bitte keine Gewissensbisse!"

Mutti bestärkte mich in dieser Hinsicht zusätzlich. „Du schenkst einem alten Mann eine wunderschöne Zeit. Und – ich habe schon lange das Gefühl, dass auch du deiner Lust freien Lauf lässt."

Küssen darf er mich schon lange, denn ich liebe ihn. Ich werde ‚ja' sagen!

Valeries Geburtstag

Valerie wusste, dass sie immer noch attraktiv aussah, auch wenn sie jetzt auf die Vollendung ihres 40. Lebensjahres zusteuerte. So attraktiv, dass immerhin vier ihrer Kollegen sie am liebsten bespringen würden, sobald sich eine Gelegenheit dazu ergäbe. In der Informatik sind Frauen, vor allem einigermaßen ansehnliche, dünn gesät.

Geburtstag. Da gibt es verschiedene Rituale, die sich für eine vergnügliche Party eignen. Vor allem verschiedene, die Männern Spaß machen. Das gönnte Valerie ihnen auch; aber, dachte sie, sie müssen sich ein bisschen anstrengen, um ihre Belohnung einzustreichen.

Es war natürlich perfid, ausgerechnet exklusiv die vier Konkurrenten einzuladen. „Eine richtige Party wird's nicht", hatte sie ihnen in Einzelgesprächen mitgeteilt, „es ist mehr ein Kaffee-Klatsch." Peter und Dieter war nichts aufgefallen, aber Mark und Thomas hatten offenbar registriert, dass Valerie die Silbe ‚klatsch' eigenartig betont hatte. Schon ein erster Hinweis, dachte sie.

Sie hatte morgens Croissants mitgebracht und Kaffee spendiert, sodass sie die Geburtstagspflichten ihrer Abteilung gegenüber als erfüllt betrachtete. Am Nachmittag machte sie sich recht früh davon, um für ihre Gäste empfangsbereit zu sein.

Alle Vier waren praktisch gleichzeitig da. Valerie bedankte sich brav für die Staubfänger, die alle mitzubringen für nötig gehalten hatten, obwohl sie sich ausdrücklich einen geschenkfreien Geburtstag ausbedungen hatte. Dann bat sie zu Tisch, damit das Kaffeekränzchen steigen konnte. Ihr Kuchen war berühmt und vielgelobt, aber das führte zu keiner Entspannung der Stimmung. Natürlich wussten Peter, Dieter, Mark und Thomas, dass sie auf dasselbe hinaus wollten, und beäugten sich dementsprechend misstrauisch.

„Jemand noch einen Kaffee?" flötete Valerie. Ihre Gäste lehnten dankend ab; ihnen war anzusehen, dass sie baldmöglichst Abstand zu gewinnen trachteten. „Ich hätte da eine Bitte." Das war keineswegs geflötet. Vier Köpfe ruckten hoch. „Ich habe einen kleinen Wettkampf ausgerichtet." „Was meinst du damit?" fragte Peter. „Nun ja, was ein Wettkampf so ist. Folgt mir in mein Fitnessstudio."

Das befand sich im Keller und stellte sich als recht geräumig heraus, umso mehr, als die Geräte sorgfältig an die Wände geschoben waren. Dafür waren auf den Boden einige Linien gezeichnet. Erstaunt begutachteten die Männer das Arrangement. „Ich will nicht um den Brei herumreden", verkündete Valerie, „denn bisher habt ihr ja lediglich eine Art Waffenstillstand eingehalten. Ich sage vorher, dass es dem einen oder anderen peinlich werden könnte. Wer das vermeiden möchte, darf sich gern verabschieden. Denen, die bleiben, verspreche ich immerhin eine Belohnung."

Gerade noch hatten alle vier nichts anderes im Sinn gehabt, als sich zu verabschieden, sobald es die Etikette zuließ. Valeries ultimativer Satz veranlasste jedoch jeden zum Umdenken. „Da sind wir gespannt", brachte Thomas ein wenig krächzend heraus.

Valerie wies auf den Boden. „Hier sind einige Markierungen. Die vier Kreise bezeichnen die Stellen, auf denen ihr euch hinstellt. Ihr seht auch die Buchstaben D, M, P und T, die für eure Initialen stehen – ich hab' sie einfach alphabetisch angeordnet. Die Linien sind in Abständen von 25 Zentimetern aufgemalt und geben einen groben Anhaltspunkt, wie weit jeder von euch kommt." „Sollen wir ein Wettpinkeln wie damals veranstalten, als wir noch Jungs waren?" fragte Dieter. Valerie schenkte ihm ein strahlendes Lächeln. „Fast. Das, was ihr heute möglichst weit schleudern sollt, stand euch als Jungs noch nicht zur Verfügung."

Allmählich dämmerte allen, worauf Valerie hinauswollte. Immer noch hätte sich jeder zurückziehen können, ohne das Gesicht zu verlieren, aber im Grunde waren sie ja wegen einer Eroberung gekommen. Und die versprochene Belohnung...?

Valerie grinste in sich hinein. Sie hatte die Typen richtig eingeschätzt. „Also, Hosen 'runter oder am besten zieht ihr euch ganz aus, dann wird's sicher leichter. Zögernd begannen die Vier an sich herumzunesteln. „Und die Belohnung?" „Könnt ihr euch das nicht denken?" „Wenn wir vorher im Handbetrieb...?" „Ich werde versuchen, euch wieder aufzurichten. Es gibt nämlich noch 'was, 'was Geburtstagsspezielles."

Die Männer standen bereit, ihre Waffen in der Hand. „Ich gebe zu, dass das Ambiente nicht wirklich anregend ist. Ich erlaube mir deshalb, euch zu helfen." Valerie hatte sich bisher völlig normal in Jeans und T-Shirt präsentiert, allerdings beide von atemberaubend engem Schnitt. Jetzt zog sie unten herum blank. Bei den Männern regte sich plötzlich einiges. Valerie sah es mit Genugtuung. „Dass ich euch aufgeilen muss, war mir klar. Ich hoffe, dass jeden anmacht, was ich gleich veranstalte." Valerie nahm von einem Bock ein bananenförmiges Gerät, von dem klar war, dass es sich um einen Vibrator handelte. „Schaut mir genau zu." Valerie hatte die Beine leicht gespreizt und führte die Banane in ihre Vagina ein. Leichtes Summen meldete, dass sie es in Betrieb gesetzt hatte. Sie begann zu keuchen und abgehackt zu stöhnen. „Keine Angst, ich kann öfter", brachte sie gerade noch heraus, bevor sie sichtbar kam. Sie krümmte sich und ihr Stöhnen verschmolz zum Dauerlaut. Den Vieren lief es wohlig über den Rücken. Längst hatten sich ihre besten Stücke aufgestellt und sie begannen eifrig ihre Häute vor- und zurückzuschieben. Das Sperma spritzte bereits, als Valerie noch dran war. So schnell trat bei ihr keine Beruhigung ein; erst nach einer ganzen Weile atmete sie ruhiger und war in der Lage, das Ergebnis des Wettkampfs zu anzuschauen.

„Boah, ihr wart richtig gut", bemerkte sie, als sie die Spuren auf dem Boden inspizierte. „Hm, Thomas fast 1,50

Meter, Peter 1,40, Dieter 1,35 und Mark 1,20. So leid es mir für die anderen tut: Thomas ist Sieger." „Gewinnt jetzt nur er?" „Nein, nein, das ist nur für meine Akten. Kommt jetzt wieder hoch, hier ist's wirklich nicht toll. Bleibt ruhig im Adamskostüm, ihr werdet's brauchen. Ich übrigens auch. Das Evaskostüm, meine ich."

Als sie die Tür passierten, fragte Dieter in einem Anfall von Pflichtbewusstsein: „Und der Boden? Da ist jetzt alles klebrig." „Mach' dir keine Sorgen, das ist nur Beton. Einmal mit dem Schlauch drüber und alles ist wieder weg."

Sie versammelten sich erneut um den Wohnzimmertisch. „Jetzt seid ihr auf die Belohnung gespannt. Die besteht darin, dass mich jeder von euch einmal ficken darf. Das habt ihr euch wahrscheinlich gedacht. Ich muss eure Dinger dafür aber wieder hochkriegen. Dafür gibt's ein schönes Ritual, das mit Geburtstag zu tun hat. Wie ihr wisst, hab' ich heute Geburtstag." „Aus diesem Anlass sind wir hergekommen." „Ich habe bei meiner Einladung Kaffee-KLATSCH besonders betont und zweien von euch ist das auch aufgefallen.

Sagt euch Geburtstagsspanking 'was?" Mark dämmerte es. „So viele Schläge auf den Po, wie das Geburtstagskind Jahre zählt?" „Du hast's erfasst. Ihr wisst auch, dass ich heute 40 werde und ihr seid vier Kerle. Dämmert's euch?"

Dieter, Mark, Peter und Thomas sahen sich an. „Jeder zehn?!" „Genau!" „Auf..., auf den Nackten?" „Klar, ich will eure Hände spüren. Und ich denke, das stimuliert euch genug für ein zweites Mal."

Die Vier wurden hektisch. „Wer zuerst?" „Und wo?" Valerie versuchte Struktur in die Diskussion zu bekommen. „Wo ist klar; über den Schreibtisch im Arbeitszimmer gebückt. Der hat genau die richtige Höhe. Und die Reihenfolge...; wem kommt's schon wieder?"

Die vier guten Stücke hatten sich in Anbetracht des zu erwartenden Vergnügens bereits wieder aufzurichten begonnen. „Klar? Wessen als Erster erneut steht, der darf

– zunächst ein schönes Hinterteil bearbeiten und dann 'rein. Kommt mit ins Arbeitszimmer."

Schnell war sichtbar, dass Mark einsatzfähig war. „Bitte." Valerie hatte sich auf einen vorher aus dem Fitnessstudio hochgeholten niedrigen Bock gestellt, damit ihre Öffnung für den Empfang ausreichend hoch lag. Zunächst jedoch die ersten Zehn.

Mark baute sich hinter Valerie auf. Er zeigte plötzlich Unsicherheit. „Darf ich wirklich?" „Meinst du, ich erzähl' Märchen? Leg' los!"

Die ersten beiden waren eher Tätscheleinheiten. „He, richtig! Du musst deine Finger einzeln sehen. Du hast noch acht."

Nun prasselte es wirklich auf Valeries Kehrseite. Sie schloss die Augen und stellte sich vor, wie die Handabdrücke zunächst verteilt, dann immer zusammenhängender für rosa Flecken sorgten. Sie bedauerte, dabei nicht zuschauen zu können. Das nächste Mal würde sie einen Camcorder mitlaufen lassen und sich die Sache hinterher zu Gemüte führen. Mal sehen, wie ihr Lustempfinden darauf reagierte.

Die Zehn waren vorbei. Wieder zögerte Mark. „Worauf wartest du? 'rein mit ihm!"

Das war ihr wirklich wichtig. Den Arsch versohlt zu kriegen machte Valerie nichts aus, sie aber auch nicht besonders an und diente im Augenblick nur als Mittel zum Zweck. Nun galt zu prüfen, welcher der Anwärter den besten Kolben bot. Dicke, Länge, Härte und Zahl und Rhythmus der Stöße waren die Qualitätsmerkmale. So schnell würde sich nicht wieder Gelegenheit bieten, unmittelbar nacheinander vier Testkandidaten auszuprobieren. Sie behielt genau in Erinnerung, wie sich Mark anfühlte. Um seine Motivation aufzubauen, stöhnte sie hingebungsvoll.

Auch Dieter, Peter und Thomas waren in Anbetracht des Gebotenen längst wieder heiß. „Ich sehe keinen Unterschied. Am besten macht ihr's ab jetzt alphabetisch."

Während die zweite Spankingstaffel auf ihren Po nieder-sauste, erinnerte sich Valerie amüsiert, wie sie auf die Idee zu dieser Feier gekommen war. Sie hatte der Teufel geritten und sich gedacht: Wenn es anständige Kerle sind, verlassen sie angesichts des vorgesehenen Wettbewerbs empört meine Bude und ich bin für alle Zeiten blamiert. Sie war sich aber sicher gewesen, dass Männer generell nicht anständig sind und zugreifen, wenn sich ihnen weibliches Fleisch anbietet. Valeries Vermutung hatte sich bestätigt. Sogar die Scham voreinander war den Typen wie Wasser von gewachstem Lack abgeperlt.

20. Es brannte hinten schon ganz schön, aber das war nicht relevant. Wieder mit geschlossenen Augen und unter leichtem Stöhnen verglich Valerie kühl und unvoreinge-nommen Dieters Anstrengungen mit Marks. Hm-m, inter-essanter Unterschied.

Peter hatte seine Zehn verabreicht und rammte den Seinen in Valeries Unterleib. Boah! Alles war bis kurz vor die Gebärmutter ausgefüllt und es ging beinahe minuten-lang hin und her. Bei Peter brauchte sie ihr Stöhnen nicht zu spielen, denn sie wurde tatsächlich von einem Orgas-mus geschüttelt. Als ihr Besucher erschlaffte, war sie so erschöpft, dass sie am liebsten Schluss gemacht hätte.

Das ging aber nicht, denn Thomas – immerhin Sieger im Spritzwettbewerb – konnte sie sein Anrecht nicht vorent-halten. Als seine Schläge auftrafen, brannte Valeries Hinterteil lichterloh. So richtig war sie Spanking nicht ge-wohnt; sie wusste von Freundinnen, dass es da mit Haar-bürsten, Paddeln und Reitgerten deutlich härter zur Sache geht.

Die Bemühungen von Thomas' bestem Stück nahm Vale-rie kaum wahr, denn dass es mit Peters nicht mitzuhalten vermochte, war unmittelbar erkennbar.

Valerie erhob sich und wandte sich um. „Das war's, Leute. Ich hoffe, ihr hattet ein wenig Spaß mit meiner Idee des

Geburtstagsspankings. Ich bin jedenfalls richtig gut durchgenudelt. Heißer Schinken ist für mich eine neue Erfahrung und keine schlechte. Bildet euch aber nicht ein, dass das jetzt jedes Jahr stattfindet. 41 ist außerdem eine Primzahl.

Ich danke euch. Bis morgen im Büro in alter Frische."

Während sich alle nach einer oberflächlichen Säuberung ankleideten, überlegte Valerie, ob sie bis morgen warten solle, um Peter am Arbeitsplatz unauffällig einen Zettel zuzuschieben, vernahm aber aus ihrem Inneren, dass sie die Geduld nicht aufbringen würde. So passte sie einen günstigen Augenblick ab, um ihm zuzuflüstern: „Komm' in einer Viertelstunde wieder." Peter signalisierte durch unmerkliches Kopfnicken, dass er verstanden hatte.

„Tschüss!" „Tschüss!" „Tschüss!" „Tschüss!" Die Haustür ging und die Gäste waren draußen. Valerie wunderte sich selbst, wie sehr sie der Wiederankunft des Einen entgegenfieberte. Ihre Muschi war wahrlich üppig gefüttert, aber das allein blieb unbefriedigend. Es fehlten die Zärtlichkeiten, Hände, die liebevoll ihre Haut streichelten und auch mal an Beinen und Busen herumgrabschten, und es fehlte an intensiven Küssen, die Süße in die Mundhöhle zaubern und die Zunge beschäftigen. Ob Peter ‚es' noch einmal schaffte, war Valerie nicht so wichtig; zur Not wartete ja ihr Vibrator auf seinen Einsatz. Es wäre allerdings schön. Sie gedachte jedenfalls alles dafür tun.

Als Peter pünktlich nach einer Viertelstunde erneut klingelte, bot sich ihm ein atemberaubender Anblick: Ein Traum in hochhackigen weißen Stiefeletten bis knapp unter die Kniee, ebenso weißem knackengen und ultrakurzen Latex-Mini über leicht geöffneten knusprig braunen Schenkeln und Netz-Oberteil, das zwei köstliche Apfelsinen betonte, begrüßte ihn mit strahlendem Lächeln. Da wusste er endgültig, dass er sich als Sieger fühlen durfte.

Vorsitzende Daniela

Lange, sehr lange hatte ich gezögert, nachdem ich die winzige Anzeige ausgeschnitten hatte. Tatsächlich eine Anzeige in unserem Gemeindeblättchen wie in der guten alten Zeit. Sie lautete: ‚Wer hat Interesse an Spanking (m/w)? Chiffre....‘

Irgendwann gab ich mir einen Ruck und forderte von der Redaktion Informationen zu der Chiffrenummer an. Mir wurde beschieden, dass ich kontaktiert werden würde.

Es vergingen einige Tage. Dann klingelte das Telefon und eine weibliche Stimme meldete sich. „Du hast auf unsere Anzeige reagiert. Wenn du noch Interesse hast, gebe ich dir eine Adresse." Dass man in der Klubszene von Anfang an geduzt wird, ist nichts Ungewöhnliches. Die Stimme kam mir jedoch bekannt vor. Handelte es sich um die Anzeige oder...? „Chiffre...?" fragte ich zurück. „Genau." „Ja, ich habe Interesse. Kann ich den Kontakt erfahren?"

So kam ich an eine Adresse, an der ich mich am Samstag Nachmittag um Zwei einfinden sollte. Ich muss zugeben, dass ich extrem nervös war; ich weiß nicht, wie oft ich an diesem Tag bereits ein bestimmtes Örtchen hatte aufsuchen müssen, denn Nervosität schlägt bekanntlich auf Blase und Darm.

Ich stand vor einem normalen Wohnhaus. Alles in Schuss, Garten gepflegt und auch sonst süddeutsch-gediegen. Ich klingelte. Zu meiner Überraschung öffnete mir Daniela. „Willkommen, Elmar", begrüßte sie mich, „komm‘ bitte ’rein." Daniela ist eine Kollegin von mir, mit der ich hin und wieder zu tun habe; sie arbeitet allerdings in einer anderen Entwicklungsabteilung. „Das ist eine echte Überraschung", stotterte ich, „ich meine..., ich meine angesichts dessen, um was es geht." „Ich bin nicht überrascht, denn ich hatte ja deinen Namen." „Mir klang die Stimme am

Telefon auch vertraut", gestand ich, „und ich habe überlegt, zu wem sie gehören könne. Aber die Verbindung ist so abseitig, dass ich darauf nicht kam."

Daniela erstieg die Treppe vor mir, sodass sie mir ungestörte Aussicht auf ihren appetitlichen, in enge Jeans gezwängten Po gewährte. Ob es dieser sein würde, den ich...? „Ich finde es gut, dass wir uns bereits kennen, das mildert das Lampenfieber", beschied sie mir über die Schulter.

Wir traten ein. „Was meinst du mit Lampenfieber?" „Erzähl' mir nicht, dass du total cool bist. Das ist niemand, der in so ein heikles Thema einsteigt. Du bist doch Neuling?" „Ja." „Ich stelle dir zunächst einmal die anderen Klubmitglieder vor."

Zu meiner Überraschung traf ich auf drei weitere Damen, die mir Daniela als Serena, Corinna und Hildegard vorstellte. „Ihr seid alles Frauen?" „Leider. Oder nicht, denn nun haben wir ja unseren ersten Mann."

Der folgende Smalltalk hatte den Charakter eines typischen Kaffeekränzchens. Mindestens eine der Anwesenden war Meisterin des Kuchenbackens, wie ich lobend feststellte. Der Einstieg über eine Kollegin, mit der ich mich zudem bestens verstehe, hatte mich total entspannt. Was immer kommen würde: Ich fühlte nicht im eigentlichen Sinn allein.

Daniela führte mich durch die Wohnung. „Wir haben sie gewählt, weil in dem Altbau die Mauern recht dick sind, zu Deutsch: Sie ist praktisch schalldicht. Wie du dir denken kannst, kommt es in Ausübung unserer Neigung zuweilen zu Geräuschen." Küche, Bad, Toilette, Ess- und Wohnzimmer sowie eine Art Konferenzraum wirkten normal. „Jetzt zu unserer Trainingsecke."

Die ‚Ecke' war ungewöhnlich eingerichtet. Eine niedrige und eine hohe Liege, ein richtiges Bett, zwei Böcke mit Kissen an einem Stirnende, zwei weitere, leicht höhere

Böcke mit niedrigen davor, eine in ungefähr 80 Zentimetern Höhe angebrachte, wie angebissen aussehende
Kunststoffstange, die sich quer durch das Arrangement
zog, ein Vorhang, der von der Decke hing, zwischen sich
und der nächsten Wand gerade für eine Person Platz bot
und in Hüfthöhe endete, zwei profane Küchenstühle und
einige Matratzen und Kissen auf dem Boden hätten einen
unbedarften Besucher vor ein Rätsel gestellt. „Hast du
eigentlich schon mal…?" „Nein. Der einen oder anderen
früheren Freundin mal einen Klaps hinten drauf gegeben,
das war alles. Ich hab' mich jedes Mal vor mir selber
erschrocken." „Und wie nahmen sie's?" „Erstaunlich gelassen, muss ich sagen." „Siehst du? Vielleicht hättest du
ihnen mehr gönnen sollen." Ich sah Daniela erstaunt an.
„Weißt du, dass deutlich mehr Frauen am Spanking – ge-
spankt werden, meine ich – Gefallen finden als Männer?
Nicht, weil sie normalerweise die Schwächeren und Opfer
häuslicher Gewalt sind. Spanking hat nichts mit primitivem
Verprügeln zu tun, sondern ist von der Delinquentin immer
gewollt, sonst ist's kein Spanking. Vielleicht stammt das
aus der Steinzeit und ist biologisch bedingt. Tatsache ist
jedenfalls, dass ein brennender Po anregend aufs weibliche Lustzentrum abstrahlt und unter Umständen ohne
weitere Stimulation einen Orgasmus einleitet. Es ist die
schönste Methode ohne männliches Zutun. Es gibt natürlich Frauen, die das nicht mögen.

Wie dem auch sei, deinem Einstand entgehst du nicht.
Komm' mit zur Konferenz."

Die Mädels waren sichtlich froh, dass endlich ein Vertreter
meines Geschlechts zu ihnen gefunden hatte. „Wie alt bist
du, Elmar?" fragte Serena. „40." Die Vier sahen sich an.
„Das passt." „Darf ich fragen, was…?"

Daniela erläuterte: „Du weißt ja, worum es geht, Elmar,
und es ist klar, dass du dich freust, auf vier hübschen
– wie ich hoffe – Hinterteilen herumtrommeln zu dürfen.
Aber versteh' bitte, dass auch wir mal möchten. Du hast
nicht zufällig Geburtstag?" Ich lachte. „Nein, aber mir ist

klar, worauf du hinauswillst – worauf ihr hinauswollt. Ihr seid zu Viert und 40 ist gut durch vier teilbar. Also jede zehn. Das ist natürlich machbar.

Wisst ihr", fuhr ich fort, an alle gewandt, „es hätte viel schlimmer kommen können. Vier Frauen und ein Mann sind für mich ein super Verhältnis; ich glaube, hätte ich hier nur Männer angetroffen, hätte ich auf dem Absatz umgedreht." „Das konnte schon nicht sein, weil ich dich ja angerufen habe", warf Daniela ein, „und bevor wir länger schwatzen, lass' uns zu deinem Einstand schreiten, Elmar. Danach darfst du dir ein weibliches Hinterteil aussuchen."

Ich war erstaunt, wie erregend es ist, Frauenhände auf das eigene Gesäß auftreffen zu spüren, vor allem, wenn diese sich alle zehn Schläge abwechseln. Ebenso erstaunt war ich, wie unterschiedlich sich die Hände anfühlten. Ich erhob mich und teilte ein entsprechendes Lob aus. Die Mädels freuten sich ehrlich darüber. „Wir haben wohl den Richtigen aufgenommen", urteilten sie, „und hoffen sehr, dass du bei uns bleibst."

Ich zog meine Hosen wieder über und wagte eine Frage, die ins Intime ging. „Sagt mal, macht ihr auch mal, ich meine..., ich meine...." „...GV, meinst du?" Daniela als Vorsitzende des eingetragenen Vereins übernahm die Antwort, die ich jedoch nicht verstand. „GV?" „Geschlechtsverkehr, du Dummkopf.

Wir sind, das heißt wir waren bisher vier Frauen und sind nicht unbedingt Lesben. Ab und zu überkommt's uns von allein, aber grundsätzlich hat das nicht zur Debatte gestanden. Ich zeig' dir 'was."

Daniela öffnete eine Tür, die ich bisher nicht beachtet hatte. „Bitte." Ich sah mich erstaunt um. „Ob du's glaubst oder nicht, das ist eine Sauna. Wir haben sie bisher nicht benutzt und als Sauna haben wir auch nicht vor sie zu benutzen. Sie ist aber ein guter Rückzugsort. Im Klartext: Wenn du mal eine Portion heißen Po ficken willst, liegt das drin, denke ich. Wir sind ungefähr alle gleich groß. Die Dame deiner Wahl kann sich auf der oberen Liege abstützen und du kannst dich austoben. Eventuelle Verschmutzungen lassen sich ja leicht mit einem Schlauch beseitigen. Für wirkliche Liebesnächte bitte ich dich aber, deine Wahl mit nach Hause zu nehmen, wenn sie einverstanden ist. Klar?" „Klar."

„So", verkündete Daniela, als wir wieder zusammenstanden, „jetzt soll Elmar endlich seinen Spaß haben." Serena, Corinna und Hildegard nickten. Ich erfuhr: „Die Wahl der Backen soll objektiv erfolgen. So gut kennst du uns noch nicht; es müsste also hinhauen. Wir werden dir eine kleine Schau bieten. Zu diesem Zweck werde ich dir die Augen verbinden und bitte dich, die Binde erst wieder abzunehmen, wenn ich es sage."

Ich war mehr als gespannt, was die Vier vorhatten. „Jetzt", hörte ich eine Stimme. Ich nahm den umfunktionierten Schal ab und sah mich zunächst orientierungslos um. „Hier, hinter dem Vorhang." Mir bot sich ein atemberaubendes Bild. Alle hatten sich unten herum entblößt und sich zwischen dem bezeichneten Sichtschutz und der Wand mit dem Rücken oder besser gesagt ihren Allerwertesten zu mir gewandt platziert. Da sie ab Hüfthöhe verdeckt waren, hatte ich nur diese und die Beine im Blick. „Such' dir einen aus", ertönte es dumpf. Was für eine leckere Auswahl! Da alle Vier mit recht guten Formen punkteten, war mir tatsächlich nicht auf Anhieb klar, welches Gesicht zu welchem Untergestell gehörte. War es nicht auch egal? Ich versuchte wenigstens Danielas herauszufinden, war sie doch im Flur aufreizend vor mir herstolziert. Aber ein in Jeans verpacktes Becken hat nicht unbedingt dieselben Maße wie ein freiliegendes. „Du darfst gern fummeln." Merkwürdig, dass sich die Stimme nicht genau orten ließ. Irgendwo in der Mitte. Ich beschloss, mich auf das mir Gebotene zu konzentrieren.

Ich tätschelte und knetete die herrlich zarten und doch straffen Schinken. Dann hatte ich meine Wahl getroffen:

„Die zweite von links!" Daniela, Serena, Corinna und Hildegard bückten sich synchron und wanden sich unter dem Saum des Vorhangs hervor. Ich hatte tatsächlich Daniela erwischt. Ich wurde rot. „Hört mal, Mädels", druckste ich herum, „ihr seid doch nicht beleidigt, ich meine, ich finde euch alle toll, also eure Hintern...." Corinna lachte. „Nicht doch, das war ja der Sinn der Sache. Ich denke, über kurz oder lang wirst du alle ausprobieren. Jetzt aber Daniela."

„Hast du dir schon überlegt, wie du's angehen willst?" Daniela zeigte sich so praktisch, wie ich sie immer schon kannte. „Auf dem Bock, übers Knie legen, auf der Liege...?" „Ich glaube, klassisch ist der Bock. Ich würde dich gern da drauf liegen sehen." „Okay, weiter. Nackt, Höschen, Spankingrock oder Jeans?" „Oje, alles hat 'was für sich. Bist du mit Drittelmix einverstanden?" „Ich bin mit allem einverstanden. Also Rock, Höschen und auf den Nackten nacheinander. Okay. Wie viele oder Ende offen?" „Beim ersten Mal besser festgelegt. Bei mir war's das Alter. Du bist aber sehr jung..." „...so jung auch nicht mehr, 37. Das sind aber zu wenige, da gebe ich dir recht. Wie wär's mit 60, das heißt je 20 pro Outfit, davon je zehn auf jede Backe." „Sehr gute Idee." „Haben wir alles?"

Allein der Dialog war so erregend, dass es den Mädels nicht entging. „Am besten, du machst dich unten 'rum wieder frei", schlug Serena vor, „oder hast du eine Ersatzhose mit?" Wir hatten ohnehin schon alles von uns gesehen, sodass ich den Rat ohne Federlesens aufgriff.

Daniela platzierte sich gekonnt. Sie war unübersehbar nicht zum ersten Mal Delinquentin. Ich positionierte mich seitlich hinter ihr. „Richtig, du bist ja Linkshänder."

Das Latex klatschte, dass es eine Freude war. Daniela muckste sich praktisch nicht. Ihr Höschen bei Start der zweiten Serie erwies sich als so dünn, dass sich ihre leicht gerötete Haut darunter abzeichnete. Meine ersten beiden Schläge erfolgten deshalb mit innerer Hemmung. „He, wir sind nicht im Kindergarten!" So dünn, dass ich durch den

Stoff beobachtete, wie sich meine Finger abzeichneten. Ich zwang mich zu dem Gedanken, dass sie es so wolle. Auf den Nackten stand sowieso noch bevor.

Nachdem sich Daniela gänzlich entblößt hatte, hatte sich bei mir ein beachtlicher Ständer aufgebaut. „Wart' mal", bot sich Corinna an, „ich glaube, dem Mann muss geholfen werden.

Elmar", sprach sie mich an, „hättest du 'was dagegen, während deiner Arbeit einen gelutscht zu kriegen?" Ich war in diesem Augenblick froh, dass ich unter keiner Herzschwäche litt, denn die Aussicht auf so ein Erlebnis war geradezu galaktisch. „Würdest du das tun?" „Klar. Du wirst sehen, ich bin geübt."

Corinnas Mund ersetzte jede Vagina. Ich merkte nichts von ihren Zähnen, aber von Lippen und Zunge umso mehr, die meinen Kleinen unfassbar geschmeidig bedienten. Ich schaffte es kaum noch, mich auf Danielas Po zu konzentrieren, so beanspruchte mich der Fellatio. Daniela fühlte sich vernachlässigt. „Fester!" forderte sie. Bei 52 hörte es langsam zu jucken und mich abzulenken auf. Einige richtig Kräftige vollendeten Danielas und meine Abmachung.

Die Gezüchtigte stand auf und befühlte ihre rückwärtigen Rundungen. „Geht, schön heiß und wahrscheinlich auch schön rot." Ihre Gespielinnen nickten bestätigend. „Trotzdem: Den nächsten Orgasmus erst nach dem Spank. Auf zwei Sachen kann man sich nicht konzentrieren.

Was machst du da eigentlich?" Corinna war wieder vor mir niedergekniet und leckte mich sauber. Dann drehte sie sich zur Vorsitzenden um. „Muss sein; wir wollen hier doch keinen Dreck." „Saug' ihn aber nicht völlig leer. Ich melde hiermit auch Anspruch auf einen Fick an."

Daniela packte ihren Spankingfummel in einen Wandschrank. „Wir haben für jede einen davon", klärte sie mich auf, „denn in den Klamotten rennen wir nicht draußen 'rum. Ich zusätzlich eine ultrakurze, knackenge Lederhose im Vorrat. Die gibt für mich zwar nicht viel her, denn in die verpackt spüre ich praktisch nichts, aber es knallt herrlich drauf. Deine schönen großen Hände sorgen sicher für einen Supersound. Fürs nächste Mal.

Jetzt weiter. Serena, wie ich sehe, bist du heute für deine Spezialbehandlung angelegt. Willst du als nächste?"

Daniela, Hildegard und Corinna hatten sich am heutigen Tag für Jeans und T-Shirt entschieden und Serena für ein Minikleid. Kein aufreizendes, etwa bis zur Oberschenkelmitte und mäßigem Ausschnitt. Ich hatte es aber schon längst schwarz durchschimmern sehen und war nun gespannt. Ein bestimmter Körperteil wäre es auch gewesen, hätte ihn nicht Corinna vorerst außer Gefecht gesetzt.

„Du bist heiß, ich seh's", munterte Serena mich auf, „und du wirst's gleich sehen. Ich mag's nämlich richtig hart." Sie baute sich vor der Stange auf, bückte sich und umfasste diese mit beiden Händen. Ihr Körper bildete nun einen beinahe rechtwinkligen Knick. Dann fuhr sie mit der rechten Hand nach hinten und schleuderte den Saum ihres Kleids in einem eleganten Bogen auf ihren Rücken, sodass das schwarze Höschen frei lag. „Sexy", kommentierte ich. „Fühl' mal", forderte Serena mich auf. „Das..., das ist ja Gummi!" „Genau. Das verstärkt die Schmerzen und sorgt für perfekten Genuss. Folglich heißt es Gummifetischismus.

Hildegard? 50." Ich sah, dass Hildegard ein dünnes Bambusrohr pfeifend durch die Luft schwang. „Komm' zurück", forderte Daniela mich auf.

Als die Hiebe zu sausen begannen, zuckte ich bei jedem zusammen. Ich erkannte, warum die Stange lädiert aussah, denn Serena biss nach kurzer Zeit darauf und kräftig zu, wie ich erkannte. Sie litt Höllenqualen, wie ihre verzerrten Gesichtszüge und die Intensität bewies, mit der ihre Zähne das Material malträtierten. Schön war der Anblick nicht und die Treffer klangen eklig nach Peitsche. „Sag mal", zischte ich Daniela zu, „habt ihr eigentlich ein Ausstiegskennwort?" „Sicher. Sobald eine ‚halt' oder ‚stop' ruft, ist augenblicklich Schluss. Ist aber bisher nicht passiert."

Serena stöhnte und jammerte, hielt die 50 aber durch. Sie erhob sich keuchend und stieß „boah, boah, boah!" hervor. Schweißperlen standen auf ihrer Stirn. „Willst du mal sehen? Du darfst es mir selber 'runterziehen." Eine unglaubliche Brandfläche, in Striemen unterteilt offenbarte sich mir. „Darf ich ein bisschen streicheln?" „Gern." Meine Hand fühlte sich an, als glitte sie über einen Grill. „Ist das wirklich schön?" „Hinterher. Ich werde es bei der Schlussbesprechung begründen."

Wenigstens war die Züchtigung blutfrei verlaufen. Corinna hatte mittlerweile zwei Eispackungen aus dem Kühlschrank geholt und forderte Serena auf, sich eine Pritsche auszusuchen. Das Gummihöschen landete in der Ecke und Serena platzierte sich auf dem Bauch, den Kopf über ihren verschränkten Armen zu uns gewandt. Corinna schob das Kleid nach oben, sodass die Halbkugeln regelrecht leuchteten, und verdeckte unverzüglich die Lampenkonkurrenz mit den beiden Eispackungen. „Tut das gut", schnurrte Serena, „da dauert's nicht mehr lange."

Eine Weile verging, ohne dass jemand etwas sagte. Dann besann sich Daniela ihrer Pflichten als Vorsitzende. „Lassen wir Serena sich aufbauen. Fehlen Corinna und Hildegard. Corinna?"

Corinna positionierte sich genau an der Stange wie zuvor Serena. Ich bekam einen Schrecken. „Keine Angst", beruhigte sie mich, „bei mir ist's das Übliche: Flache Hand auf nackte Haut. Ich mag nur die Pose. 60, Daniela."

Als Corinna ihren rechten Winkel einnahm, fiel mir auf, welch' stattlicher Vorbau da herunterbaumelte. Das war durch das dünne T-Shirt deutlich erkennbar. „Wart' mal, Daniela", bat ich, „ich würde das Arrangement gern erweitern." „Und wie?" „Indem Corinna ihr Oberteil auszieht, ich sie von vorn anschaue und, äh…, äh…." „Sprich dich aus." „…ihre – Dinger – zur Hand nehme. Ist das statthaft?"

„Klar. Hol' dir einen Stuhl." Daniela und Corinna hatten unisono geantwortet.

Vorsichtshalber befreite ich mich unten erneut von Stoff, denn ich spürte gewisse Kräfte bei mir zum zweiten Mal erstarken. Corinna sah mir genau ins Gesicht. Ihres strahlte im Gegensatz zu Serenas vor Wonne. Ich langte an die hängenden Köstlichkeiten. Was für Brüste! Wunderbar nachgiebig und trotzdem fest, spürte ich ihre Bewegung bei jedem Aufklatschen. Ich konnte nicht anders als mich unauffällig so nahe heran schieben, dass mein Mund Corinnas im Rhythmus der Schläge berührte. Diese sorgten nämlich für einen winzigen Ruck des ganzen Delinquentinnenkörpers nach vorn. Corinna versuchte nicht, mich abzuwehren. Ich glaube, sie bedauerte, als die 60 vorbei waren.

Ich stand auf und Daniela sah sofort, was los war. „So, Corinna. Ein weiteres Mal schnappst du ihn mir nicht weg." Es klang ein wenig giftig. „Elmar, ab in die Sauna!" Das war ein Befehl. Daniela lief mir voraus und war schon bereit, als ich eintraf. Ihre Arme stützten sich auf der oberen Liege ab. Sie stand auf einem Holzrost und ihre Öffnung erwartete zwischen gespreizten Beinen den Empfang. „Bitte keine Schmeicheleien, die brauch' ich nicht", erklärte sie rundheraus, „ich mag's nämlich auch hart. Ramm' ihn mir einfach 'rein, je brutaler, desto besser."

Zum Glück entlockte ich meinem Samenspender genügend Stöße, dass Daniela zu stöhnen begann. Ich hoffte, dass sie nicht simulierte, denn das beherrschen Frauen recht gut. Es zu kontrollieren hatte ich keine Handhabe.

Als wir in den Trainingsraum zurückkehrten, hatte Serena die Position eines ihrer Arme geändert und war dabei, ihre Grotte zu stimulieren. Die Eispackungen waren zu Boden gerutscht. „Siehst du", strahlte sie mich an „es beginnt zu wirken." Daniela schaute ihr eine Weile zu. Als Serena zu keuchen begann, beschied Daniela ihr: „Ich glaube, du bist beschäftigt. Corinna kann ja Hildegard bedienen."

Die letzte Session geschah wieder mit einem Werkzeug, aber einem deutlich harmloseren als dem Bambusrohrstock. Hildegard positionierte sich bäuchlings mit einem Kissen unter ihrem Schoß auf dem Bett, sodass sich ihr nackter Po einladend der Foltermagd entgegenstreckte, und erwartete sehnlich die Abreibung. Es sah gemütlich aus. „40 mit Voranmeldung. Ach nein, heute bin ich großzügig. Mach' auch 60, Corinna."

Was das bedeutete, sollte ich gleich erfahren. Corinna hatte eine Haarbürste in der Hand und setzte sich neben Hildegard auf das Bett. „Das nennt sich punishment spanking", unterwies mich Daniela, „die Delinquentin muss sich nämlich für die Haue bedanken. Ist natürlich nur Theater.

Leg' los!" Das war an Corinna gerichtet.

Corinna kombinierte jeweils zwei Anwärmer mit einem Ernstgemeinten. Es hörte sich beinahe wie Musik an. Patsch – patsch – PATSCH. „Eins. Ich hab's verdient. Danke." Patsch – patsch – PATSCH. „Zwei. Ich hab's verdient. Danke." Patsch – patsch – PATSCH. „Drei. Ich hab's verdient. Danke."

Nach den 60 war auch Hildegards Kehrseite wunderschön gerötet und allmählich neigte sich das Treffen dem Ende zu. Serena hatte eine Schlussbesprechung erwähnt, zu der wir uns, alle wieder vollständig bekleidet, im Konferenzzimmer einfanden.

Serena blieb stehen. „Ich kann noch nicht sitzen", bekannte sie, „lasst uns anfangen." Ich sah sie mitleidig an. „Wie kommst du eigentlich nach Hause?" „Ich wohne im Dorf und kann zu Fuß gehen. Ich denke, dass ich in ein, zwei Stunden wieder Flauschiges unter meinem Allerwertesten vertrage." „Dass du dir das antust?!" „Ich will's doch! Du brauchst mich nicht zu bedauern. Ich bedauere nur die armen Nutten, die so etwas ausgesetzt werden, ohne dass sie gefragt werden, weil sie das Geld verzweifelt brauchen. Ich für meinen Teil werde einen schönen Abend mit meinem Dildo genießen, solange es brennt."

„Ich glaube, auch denen, die mit dem Auto da sind, darf ich ein Bier anbieten." Daniela war auf dem Boden des Praktischen angelangt. „Pils? Export? Weizen?" Als alle ihr Glas in der Hand hielten, wandte sie sich an mich. „Zunächst: Wie hat's dir gefallen, Elmar?"

Ich schluckte. „Eine so tolle Veranstaltung hab' ich nicht im Traum erwartet. So willig wie ihr...; ich hab' ein paar Fragen." „Nur zu." „Sie sind leider indiskret." „Du hast doch mitgekriegt, dass wir kein Blatt vor den Mund nehmen auch keins vor unsere Muschis."

Ich schluckte ein weiteres Mal. „Seid ihr eigentlich alle Singles?" „Hildegard und ich nicht; sollten wir?" „Naja, ihr seid nicht nur beim Spanken, sondern auch sonst recht freizügig. Was sagen eure Typen?" „Die wissen, dass der Samstagnachmittag uns gehört, mit allen Konsequenzen. Wem das nicht passt, der darf gehen. Unsere Grotten sind nicht zum Vertrocknen da. Stell' dich übrigens darauf ein, nächstes Mal Corinna zu beglücken. Ich hab' dich schon heute von ihr wegzerren müssen. Was hast du weiter auf dem Herzen?"

„Wie habt ihr euch gefunden? Ich meine, Spanking ist ja ein heikles Thema."

„In verschiedenen Tanzgruppen. Hip hop, Squaredance, Linedance und Techno. Daran siehst du, dass wir alle ziemlich sportlich sind. Was wir hier machen, ist ja auch eine Art Sport." „Schön und gut, aber irgendwie müsst ihr euch doch durchschaut haben." „Komisch, irgendwie haben wir das. Gefällt dir ein Po, gibst du versuchshalber in einem unbeobachteten Moment einen spielerischen Klaps drauf. Ich als Frau spüre sofort, auf welchen Boden die Saat fällt. Denk' an deine Freundinnen. Ich bin überzeugt, dass du damals schon 'was hättest draus machen können.

Euch Männer hat das Strafgesetzbuch leider total einge-schüchtert. Hättest du dich im Büro einmal bei mir getraut, hättest du ein strahlendes Lächeln geerntet.

Naja, es ist nie zu spät. Grundsätzlich gilt, dass jede – und jeder – nur einmal pro Sitzung Delinquent sein darf. Auf keinen Fall darf es zu bleibenden Schäden kommen. Wir belassen es bei der flachen Hand oder lassen allenfalls flache Gegenstände zu. Serenas Session geht darüber hi-naus, das weiß ich, aber es ist ihr ausdrücklicher Wunsch. Zentraler Satzungspunkt bleibt allerdings, dass keinesfalls Blut fließen darf.

Darf ich dich bei uns als Mitglied eintragen?" „Gern." Richtig cool zu bleiben gelang mir nicht. Mit zitternden Fingern unterschrieb ich das Formular.

„Okay, Mädels. Damit ist unser Klubnachmittag beendet. Bis nächsten Samstag um Zwei.

Elmar, bleibst du noch ein paar Minuten?"

Es war deutlich erkennbar, dass Danielas Mitstreiterinnen misstrauisch wurden. Vor allem Corinna schnaufte ärger-lich. „Du hast ihn heute doch schon gehabt. Deine Rolle als Vorsitzende berechtigt dich nicht zu solchen Privilegi-en."

Daniela seufzte entnervt. „Typische Zicken, ich hätt's mir gleich denken können. Also gut, bleibt halt mit hier. Es geht um Mathematisches." „Um was??" Diesmal tat ich im Chor der Überraschten mit.

Daniela wandte sich an mich. „Wir sind beide Informatiker. Bisher, mit Vieren, lief es so, dass wir nach drei Sitzungen durch waren. Das heißt, jede hat von jeder ihre Prügel be-zogen. Darf ich dir das Schema aufzeichnen?" „Ich bin ge-spannt." „Pass' auf!" Daniela zeichnete folgende Bezie-hung:

1. Tag	Serena → Hildegard	Corinna → Daniela
	Daniela → Serena	Hildegard →Corinna
2. Tag	Hildegard → Serena	Daniela → Corinna
	Corinna → Hildegard	Serena → Daniela
3. Tag	Daniela → Hildegard	Corinna → Serena
	Serena → Corinna	Hildegard → Daniela

„Klar?" „Klar; unklar ist mir, was das damit zu tun hat, dass wir beide Informatiker sind?" „Elmar, bereite unserem Berufsstand bitte keine Schande. Es ist doch klar, dass diese Matrix mit fünf Personen nicht mehr aufgeht. Ich habe mir vorgenommen, ein Programm zu verzapfen, das eine neue generiert. So elegant wie bisher wird's nicht zu lösen sein, aber ich versuche mich dem Optimum zu nähern. Dich fordere ich auf, bis nächsten Samstag das Gleiche zu versuchen. Dann machen wir einen Abgleich, wer's besser gelöst hat."

„Und wer das schlechtere Ergebnis liefert, kriegt den Hintern voll?" kommentierte ich grinsend. Daniela konterte das mit lautem Lachen. „Nein, der mit dem besseren. Schließlich sind wir ein Spankingklub. Also: Give me five." Unsere Handflächen klatschten aneinander. „So, jetzt ist aber endgültig Schluss. Einen schönen Abend allerseits."

Es war ein lauer Abend. Irgendwie hatte ich das Gefühl, ich solle mich nicht allzusehr beeilen, zu meinem Fahrzeug zu gelangen. Der Schatten, der ebenso herumschlich, als wisse er nicht wohin, erinnerte mich an jemanden. Ich tat so, als suchte ich etwas. Der Schatten ebenfalls. Zufällig kamen wir, der Schatten und ich, uns auf wenige Zentimeter nahe. „Darf ich dich nach Hause bringen, Corinna?" Zwei Rehaugen sahen mich an; ihre Besitzerin antwortete mir nicht. Ich berührte sehr sanft die beiden Wangen des zauberhaften Wesens mit meinen Händen. Unsere Gesichter trennten nur noch Millimeter. Ich erinnerte mich, wie Corinnas Lippen bei jedem Schlag von Daniela kurz die Meinen berührt hatten. Wir probierten das mit den Lippen noch einmal aus, bevor sich unsere Zungen fanden. Ich presste den wunderbar geschmeidigen

Frauenkörper vorsichtig immer enger an mich und gewahrte zu meiner Freude, dass auch Corinnas Arme mich immer fester umklammerten. Ein weiterer Grund zur Freude war für mich, dass diese ziemlich stark zu sein schienen.

Unsere Höhlenforschung hätte von mir aus kein Ende nehmen brauchen, aber irgendwann musste heraus, was mich bewegte. „Corinna, ich begehre dich." Sie schwieg. Ich streichelte wieder zärtlich ihre Wangen. Sie glühten, als wäre ihre Besitzerin geohrfeigt worden, waren aber zum Glück nur in Leidenschaft entbrannt. Meine Hände machten sich am T-Shirt-Stoff dort zu schaffen, wo sich Corinnas atemberaubender Busen wölbte. Ich spürte ihr Herz klopfen. Endlich sagte sie die ersten beiden Worte, seit wir allein waren: „Komm' mit."

Gerda im Dienstabteil

Liegewagenbetreuer während der Sommerferien ist ein Traumjob. Man kreuzt als mittelloser Student durch ganz Europa und verdient zusätzlich Geld. Allerdings ist nicht empfehlenswert, sich diesen Job zum Beruf zu erküren. Früher, als die Monopolisten auf der Schiene noch Deutsche Bundesbahn und DSG (Deutsche Schlaf- und Speisewagengesellschaft) hießen, war das ganze Ambiente zwar ein wenig verstaubt, bot aber eine gewisse Sicherheit. Heute wechselt praktisch jährlich der Betreiber; manchmal ist der Nachtzugverkehr für eine Weile gänzlich eingestellt, bis es wieder ein neuer versucht. Ich war nun im dritten Jahr für den dritten Arbeitgeber unterwegs.

Das konnte mir allerdings gleichgültig sein, denn die paar Wochen, die ich unterwegs war, würde der Betrieb wohl aufrechterhalten werden. Dieses Jahr hatte man den klassischen Hispania Express ab Hamburg neu aufgelegt, der heute natürlich dank normalspuriger Neubaustrecke bis Barcelona durchgebunden ist. Leider umfährt der Zug die Küstengrenzorte Cerbère und Port Bou, sodass die Fahrgäste, die zu den Badeorten an der Costa Brava wollen, im neu errichteten Bahnhof Figueres-Vilafant aussteigen und die örtlichen Busanschlüsse nutzen müssen. Der Hispania Express bewältigt nach diesem letzten Halt die Reststrecke in rascher Fahrt durchs Landesinnere nach Barcelona.

Express ist gut. Er sammelt tagsüber von zahlreichen Orten in Deutschland Urlauber und Kulturbeflissene ein und benutzt zu diesem Zweck die langsame Altbaustrecke von Hannover nach Kassel und die Main-Weser-Bahn, überquert bei Einbruch der Nacht die Grenze bei Kehl, durchfährt Frankreich ohne Halt und öffnet im Morgengrauen in besagtem Bahnhof die Türen zum ersten Aussteigehalt. Die Tour wird nicht täglich auf die Reise geschickt, sondern in den Nächten Freitag auf Samstag und

Samstag auf Sonntag Richtung Süden und in den jeweiligen Folgenächten, das heißt Samstag auf Sonntag und Sonntag auf Montag zurück in den Norden.

Da ich einige Erfahrung aufweise, teilt die Disposition mich häufig zu diesem Dienst ein. Klar, dass ein Einsatz umso attraktiver ist, je länger die Fahrt dauert, denn unter Umständen sind die 38 Wochenstunden mit einer einzigen absolviert. Meine Mutter hatte schon festgestellt: „Man merkt überhaupt nicht, dass du arbeitest; wenn nicht, bist du an den Wochenenden genauso nicht da wie wenn doch."

Während der Einstiegsperiode ist allerhand zu tun, denn der Hispania Express erfreut sich während der Ferienzeit bester Auslastung. Im Grunde bietet er eine ideale Alternative zum Flugzeug: Von Orten wie Lüneburg, Alfeld an der Leine, Gießen oder Weinheim an der Bergstraße gelangt man ohne Zubringer zum Flughafen, lästigen Check-In, noch lästigere Gepäckkontrolle und Herumhocken am Gate bis kurz vor sein Ziel und hat zudem einen Tag gewonnen.

Liegen endlich alle auf ihren Pritschen, sind die Abteile abgedunkelt und ist der Gang menschenleer, kann ich langsam daran denken, auch meine Augen für eine Art Alarmschlaf zu schließen. Alarm deshalb, weil mir schlafen im Dienst nicht erlaubt ist. Ich muss nämlich jederzeit für meine Fahrgäste auf dem Posten sein und soll vor allem möglichst viel meiner Vorräte an kleinen Speisen und Getränken an den Mann und natürlich auch an die Frau bringen.

Es war ziemlich genau Mitternacht und wir polterten durch ein völlig finsteres Frankreich. Gerade bevor ich wegdämmerte, öffnete sich leise die Tür zu meinem Dienstabteil und eine Frau schaute herein. "Entschuldigen Sie", sagte sie höflich, „ich habe gehört, dass Sie gekühlte Getränke verkaufen."

„Das ist richtig. Was darf's sein?" Ich hatte eine 15köpfige Schulklasse im Wagen, die einer einwöchigen Klassenfahrt an die Costa Brava entgegensah. Ganz ohne Kultur, das heißt ohne Besuch Barcelonas und des Klosters Montserrat, würden ihre Schützlinge aber nicht wegkommen, hatte mir die Lehrerin erklärt. Die Frau, die nun in meiner Tür stand, war diese Lehrerin.

„Was haben Sie denn?" „Kommen Sie doch herein und wählen Sie direkt aus", bot ich ihr an. Sehr eilig schien sie es nicht zu haben, denn sie setzte sich zunächst neben mich auf meine Ruhebank. „Endlich hab' ich die Rangen ruhig gekriegt", vertraute sie mir an, „was glauben Sie, wie anstrengend 15 pubertierende Jugendliche sind." „Deshalb war auch nie mein Plan, Lehrer zu werden." „Liegewagenbetreuer ist aber eine komische Alternative." „Das ist doch nur mein Ferienjob. Hauptberuflich – sozusagen – studiere ich." „Und was, wenn ich fragen darf?" „Physik und Informatik." Sie schaute mich mit deutlich größerem Respekt an. „Dann wünsche ich Ihnen viel Erfolg.

Ach so, ich wollte ja etwas zu trinken." „Schauen Sie doch selbst im Kühlschrank nach, was Ihnen zusagt." „Gern."

Frau Lehrerin mochte zwischen 30 und 40 Jahre alt sein, also ungefähr zehn älter als ich; ich glaube, ich blamiere mich nicht, wenn ich an dieser Stelle zugebe, dass ich genau auf diese reifen Früchtchen stehe. Dazu war sie sehr attraktiv, schlank, aber kurvenreich. Um sich ihr Getränk auszusuchen, unternahm sie eine seltsame Verrenkung. Statt einfach von ihrem Sitz aus den Kühlschrank zu öffnen, was ihr bequem möglich gewesen wäre, erhob und bückte sie sich, um den Griff zu fassen zu bekommen. Um ihr Platz zu machen, war ich aufgestanden. Da sie sich offenbar nicht zu entscheiden fertigbrachte, streckte sie mir über längere Zeit ein Hinterteil entgegen, dessen Qualität von tadellos sitzenden Jeans zusätzlich betont wurde. Ich konnte nicht anders: Ich holte aus und verpasste Frau Lehrerin einen kräftigen Klaps auf die dargebotene Kehrseite.

Ich erschrak vor mir selbst. Wenn sie mich anzeigte, war ich meinen Job und meinen Ruf los und würde in Zukunft Taxi fahren müssen. Ich erwartete ängstlich ihre Reaktion, denn gespürt haben musste sie meine Handgreiflichkeit.

Einige Sekunden verharrte sie, ohne sich zu regen – soweit das in dem rüttelnden Waggon möglich ist. Dann wandte sie mir ihr Gesicht zu und bedachte mich mit einem katzenhaften Blick. Ganz langsam begab sie sich in die Senkrechte. „Um Himmelswillen, ich entschuldige mich; meine männlichen Hormone sind mit mir durchgegangen." „Du brauchst dich nicht zu entschuldigen." „Aber, aber…", stotterte ich, „…das ist heute sogar strafbar." „Nur wenn frau die Anmache nicht gutheißt. Ich hab' dir ja fast keine Wahl gelassen. Ich heiße übrigens Gerda. Und du?" „Falk." Worauf wollte Gerda hinaus?

„Ganz ohne Genugtuung kommst du mir natürlich nicht davon", wurde mir beschieden, „hast du eine Idee, worin die bestehen könnte?" „Äh…, nein." „Na, hör' mal, du hast doch schon gut angefangen." „Du willst…?" Mir dämmerte es. „Du willst deinen Hintern versohlt kriegen?"

Gerda strahlte mich an. „Endlich begriffen! Bisschen eng hier, aber es wird gehen. Kann man dein Abteil von innen verschließen?" „Ja." „Gut. So etwas wie eine Reitgerte hast du nicht an Bord?" „Hm, nein. Willst du es wirklich so hart haben?" Jetzt, da die Fronten geklärt waren, war ich wieder Herr der Lage. Ganz ungewöhnlich kam mir Gerdas Wunsch nicht vor. Ich weiß von mindestens einer Kommilitonin, dass sie einem Spankingklub angehört, und sicher nicht, um dort nur Kaffee zu trinken.

Gerda hatte mittlerweile auf meine Frage reagiert. „Am liebsten. Was könnte denn als Alternative dienen?" Mir kam eine Idee. „Ich bin Schlagzeuger in einer studentischen Rockband. Ich glaube, ich hab' vergessen, meine drumsticks aus der Tasche zu nehmen, bevor ich zum Betriebsbahnhof bin." „Zeig' mal." Sie begutachtete sie. „Haltbares Ahornholz, aber arg kurz. Naja, viel Platz zum Ausholen hast du sowieso nicht. Müsste gehen." „Wie stellst du es dir vor?" „Normalerweise bücke ich mich bis zum Boden, damit sich mein Arsch dem Folterwerkzeug möglichst ungestört darbietet. Wegen des Gewackels muss ich mich hier aber festhalten. Ich bück' mich einfach längs über der Bank." Normalerweise? Frau Lehrerin schien des Öfteren an heißen Sitzungen teilzunehmen. „An wie viele denkst du?" „50 sind gut. Die ersten zehn bitte etwas verhaltener, damit mein Kamerad da hinten Betriebstemperatur erreicht, aber dann drisch gern mit voller Kraft drauf."

Zum Glück überdeckte das Gepolter des Wagens jedes Geräusch. Die zehn Anwärmer gingen vollständig unter und die der folgenden Ernstgemeinten hätten alle möglichen, auch technischen Ursachen haben können. Gerda zog bei jedem Treffer die Luft so heftig zwischen den Zähnen ein, dass es bis zu meinen Ohren drang. So eine Züchtigung ist ein Selbstläufer, denn alle Hemmungen, die den Ausführenden zu Beginn der Prozedur plagen mögen, lösen sich während ihres Vollzugs in Luft auf. Ich ertappte mich selbst dabei, dass ich mit Wonne ohne jede Gewissensbisse draufschlug, obwohl Gerda erkennbar heftige Schmerzen litt.

Als die 50 vorbei waren, fühlte ich mich tatsächlich erschöpft. Ich schnaufte fast so wie Gerda, der darüber hinaus die Schweißperlen auf der Stirn standen. „Steht er?" fragte sie keuchend. „Was denkst du denn?" antwortete ich ebenso keuchend. „Dann 'raus damit, für ein Quickie langt's allemal." Während sie das sagte, schob sie bereits Jeans und Höschen in die Kniekehlen. Das leuchtende Dunkelrosa, das einer Lampe zur Ehre gereicht hätte, lockte mich in den Vorhof des Paradieses. Gerda schüttelte mit dem Fuß die linke Röhre ihrer Jeans zu Boden, bückte sich vor meiner Ruhebank und spreizte ihre Beine, die ausreichend lang waren, dass ich aufrecht stehenbleiben konnte.

Viel Platz lässt einem das Dienstabteil eines Liegewagens nicht für Verrichtungen, die über Papierkram und Verkauf von Getränken hinausgehen. Es langte gerade. Das Sideboard drückte von hinten und zwang mich, dicht ans weibliche Fleisch gepresst zu bleiben. Was für ein Ofen! Die Hitze des behandelten Pos ließ meinen Ständer zu mammutartiger Dimension anschwellen und das Rütteln des Gefährts übernahm beinahe die Arbeit des Stoßens. Mir ging jedes Zeitgefühl ab, aber ich denke, ein paar Minuten schaffte ich schon, Gerda zu beglücken.

Jetzt schnauften wir beide noch heftiger. Während wir unsere Hosen wieder hochzogen, vermochte ich eine überhebliche Bemerkung nicht zu unterdrücken. Warum sollte nicht eine Lehrerin auch einmal belehrt werden? „Weißt du, wie deine Atemgeräusche bei Linguisten während der – der Bearbeitung heißen?" „Wie?" „Dental-ingressiv." „Soso." Gerda hatte sich mir wieder zugewandt. „Klugscheißer. Was hast du sonst noch zu bieten? Wie werden Rachengeräusche bei normalem Sprechen genannt?" „Pulmonal-egressiv." „Richtig! Prüfung bestanden." Sie sah mir tief in die Augen und instruierte mich: „Für die Zukunft, Falk: Wenn dir eine Frau ihren Arsch so präsentiert wie ich zu Beginn, darfst du sicher sein, dass sie einen drauf haben will – mindestens einen. Und ein normal gepolter Mann kann gar nicht anders als ihr zu Willen zu sein." Dann näherte sie sich mir und drückte mir einen Kuss auf den Mund. „Bis morgen!" „Bis morgen!" Dass sie ursprünglich gekommen war, um ein Getränk zu erstehen, hatten wir beide vergessen.

Spielte die Episode ein paar Jahrzehnte früher, wäre die Metapher ‚...hielt der Zug mit quietschenden Bremsen im Bahnhof' fällig. Heute gibt es nurmehr selten quietschende Klotzbremsen, die direkt auf die Radreifen wirken; moderne, an den Achsen angebrachte Scheibenbremsen arbeiten nahezu geräuschlos. So oder so, der Hispania Express hielt in Figueres-Vilafant. Längst drängelten sich die Aussteigewilligen, die ungefähr zwei Drittel meiner Fahrgäste bildeten, im Gang.

Ich half selbstverständlich Frau Kreuzer, wie Gerda für mich in der Öffentlichkeit hieß, mit ihren Koffern aus dem Zug. Damit keine Hektik aufkäme, war hier ein 15minütiger Aufenthalt vorgesehen. Die Schüler brachen Richtung Unterführung auf und Frau Kreuzer wandte sich mir zu, um sich zu bedanken. Die Chance nutzte ich. „Wann fahrt ihr zurück?" fragte ich leise. „Genau in einer Woche, im selben Zug im selben Wagen." „Weißt du, dass ich dann wieder Dienst habe?" Frau Kreuzer bemühte sich, ein neutrales, höflich wirkendes Lächeln zu zeigen. „Dann vergiss nicht zu vergessen, deine drumsticks aus der Tasche zu nehmen." Rasch wandte sie sich ab und hastete hinter ihrer Schülermeute her. –

Die Handlung des 2002 gedrehten Films *Secretary* ist als eher langweilig einzustufen. Meisterhaft ist hingegen die psychologische Entwicklung gezeichnet. Eine selbstquälerisch veranlagte Frau wird aus der Heilanstalt entlassen und Sekretärin in einer Kanzlei, in der noch die Schreibmaschine regiert. Lee Holloway arbeitet zwar sehr gut, begeht aber absichtlich Fehler, um von ihrem Chef E. Edward Grey dafür bestraft zu werden. In der Eingangsszene wirkt Lee neben dem Anstaltsarzt klein und schüchtern; auch während des Handlungsverlaufs treten die Proportionen zunächst nicht zutage. Immer stehen die Männer, mit denen Lee spricht, auf einer erhöhten Terrasse oder sie selbst bückt sich über den Schreibtisch, wenn sie sich von Grey den Hintern vollhauen lässt. Erst vor dem Traualtar wird offensichtlich, dass Lee, gespielt von Maggie Gyllenhaal, die Vertreter des angeblich stärkeren Geschlechts teilweise überragt. Ihre Neigung hat sie nicht überwunden, steht am Schluss aber selbstbewusst zu ihr.

Die Kinoplakate zeigten als Anreißer eine Pose, die im Film selbst gar nicht vorkommt: Die Delinquentin in hochhackigen schwarzen Schuhen, kurzem schwarzem Rock und einer Strumpfhose mit Nähten über die ganze hintere Länge kreuzt ihre Beine und bückt sich so tief hinab, dass ihre Hände die Fesseln umgreifen, und zwar links zu links und rechts zu rechts, denn ihre Arme hat sie ebenfalls gekreuzt.

Gerda liebte diese Pose. Eine immerwährende Liebe wurde es nicht, aber einige Male reiste ich nach Frankfurt, um mich auf ihren Wunsch an ihr auszutoben. Für die Rückfahrt von Figueres-Vilafant hatte ich nicht meine drumsticks eingepackt behalten, sondern mir zu ihrer Begeisterung einen Rohrstock besorgt. Nach unserer zweiten Runde hatte sie mir ihre Mobilfunknummer für weitere Spielchen beinahe aufgedrängt.

Nun balancierte Gerda in der beschriebenen labilen Stellung auf ihren high heels in Reichweite jenes Rohrstocks. „Bist du sicher, dass du nicht nach vorn fällst?" fragte ich unsicher. „Es steht sich fester als es aussieht", beschied sie mir, „mach' hin!"

Hier, in Gerdas Wohnung, war genügend Platz zum Ausholen. Das Bambus pfiff durch die Luft und gab beim Auftreffen ein vernehmbares Geräusch von sich, das vom Keuchen der Empfängerin unterstrichen wurde. Es musste höllisch wehtun, aber sie hielt die vereinbarten 60 durch. Danach schwenkte sie ihren Oberkörper in die Waagerechte, ergriff die in passendem Abstand stehende Sessellehne und verwandelte das X ihrer meterlangen Beine in ein A ohne Quersteg. Da sie ein Loch in ihre Strumpfhose geschnitten hatte, brauchte ich nur das Konfektion vortäuschende Handtuch um ihr Becken nach oben zu schieben, um freie Bahn zur weiblichen Öffnung zu schaffen. Gerdas Gesäßglut durch Nylon zu spüren stimulierte mich zusätzlich in erstaunlichem Maß.

So erregend eine solche Sitzung auch sein mochte: Ich war froh, als Gerda einen festen Partner fand und unsere merkwürdige Beziehung postwendend einschlief. Meine jetzige Freundin lässt zu meiner Erleichterung keinerlei Sinn für Spanking erkennen.

Siegerin Alexa

Im Fernsehen schaue ich mir gern Quizsendungen an. Es mag eitel klingen, aber ich halte mich für recht informiert und bin immer gespannt, wie viele der gestellten Fragen mir zu beantworten gelänge. Ich darf stolz verkünden, dass ich im oberen Drittel der Kandidatenrangfolge läge. Mir ist allerdings klar, dass es einen Unterschied bedeutet, ob man gemütlich zu Hause im Sessel versunken oder unter Millionen von Zuschaueraugen und denen des Examinators auf einer Art Folterstuhl im Studio sitzt.

Nun sollte in meiner Stadt ein Live-Quiz stattfinden. Ich wunderte mich, dass es in äußerst bescheidenem Rahmen beworben wurde, nämlich einer winzigen Anzeige in unserem Amtsblättchen. Dazu mit einer merkwürdigen Formulierung: ,Allgemeinwissen und Erotik verbindet das Klatsch-Quiz. Samstag 19:00 Uhr im Madonna-Club. Zutritt nur für Erwachsene. Telefon….'

Als ich nachfragte, schockierte mich der genannte Eintrittspreis. Da meine Neugierde aber nun einmal geweckt war, sprang ich über meinen Schatten und sicherte mir eine Eintrittskarte.

Der Madonna-Club hat einen etwas zweifelhaften Ruf. Den verdankt er zum Glück nicht Meldungen über Schlägereien und Messerstechereien, wie das in der Klubszene häufig anzutreffen ist, sondern – beinahe im Gegenteil – solchen über edle, aber schlüpfrige Veranstaltungen.

Ich wurde platziert. Der Raum war nicht groß und die Zuschauerzahl hielt sich nicht zuletzt deswegen in Grenzen. Außerdem sah ich beinahe nur Männer. Ich hatte das Gefühl, dass die Klientel mit wenigen Ausnahmen wie mir aus einer verschworenen Gemeinschaft bestand. Die Tribüne wand sich leicht um eine bisher verdunkelte Arena. Dem Einzelnen bot sich großzügig Platz. Das ganze Gebäude beeindruckte tatsächlich durch edles Ambiente.

Ein Spotlicht strahlte einen Mann in tadellosem Anzug an. Das Getuschel und Gemurmel verstummte. „Sehr geehrte Damen und Herren, liebe Freunde und Mitglieder des Madonna-Clubs. Ich freue mich, dass Sie sich so zahlreich eingefunden haben und begrüße Sie herzlich. Unserem Klub gereicht heuer zur Ehre, Ausrichter des jährlichen Klatsch-Quiz sein zu dürfen. Ich räume nun das Feld für den bekannten Moderator Konstantin Tremmelvir, den ich bitte, mit einem herzlichen Applaus zu empfangen."

Der Applaus erfolgte und der bisherige Sprecher wurde von einem abgelöst, der denselben Typus verkörperte: Tadellos gepflegt, smart und mit geradezu mitreißender Stimme, wie ich in unmittelbarem Anschluss feststellen sollte. „Sehr geehrte Damen und Herren, ich heiße Sie zu unserem Klatsch-Quiz willkommen, von dem einige von Ihnen sicher wissen, worum es sich handelt. Für die, für die das nicht zutrifft, zunächst das Szenario."

Sofort versanken die Zuschauerreihen im Schummerlicht, während die Bühne strahlend hell erleuchtet wurde. Mir bot sich ein atemberaubender Anblick. Das Rollpult neben dem Moderator war das einzige, das einigermaßen normal wirkte. Die vier Frauen, die außer hochhackigen Stiefeletten bis zu den Knieen splitternackt waren und uns stehend ihre Rückfronten darboten, hätte ich ebenso wenig mit einem Quiz in Verbindung gebracht wie die Frau, die neben den Vieren stand, uns ihr Profil zuwandte und eine Art Paddel in der Hand hielt. Sie war bekleidet, aber sehr spärlich. Stiefeletten wie ihre – Kolleginnen? –, ein sehr kurzer, enger Rock und eine halb durchsichtiges Oberteil ließen auch bei ihr keine weißen Flecken bezüglich ihrer Figur offen. Konstantin Tremmelvir fuhr fort.

„Unsere Kandidatinnen sind sehr gebildete Damen, die sich für dieses Quiz gemeldet haben. Ihnen werden hundert Fragen gestellt, und wer eine davon richtig beantwortet, erhält zur Belohnung einen kräftigen Schlag mit Annas Paddel. Beantwortet eine sie falsch, erhalten ihre Konkurrentinnen die Belohnung. Gewonnen hat, wer – logisch! –

zum Schluss den rötesten Hintern aufweist. Natürlich wird auch die Zahl der richtig und falsch beantworteten Fragen registriert und fließt in die Bewertung ein. Unsere Anna ist sehr geübt und wird jede Belohnung mit derselben Intensität ausführen."

Ich verstand nun, warum der Madonna-Club einen zweifelhaften Ruf genießt. Ein Spanking-Quiz! Auf was hatte ich mich da eingelassen?! Mich hätten gewisse Formulierungen warnen müssen. Zutritt nur für Erwachsene, klar! Andererseits waren die Damenrücken durchaus ansehnlich. Anna trat zu nuttig auf, als dass sie mir hätte gefallen können. Tremmelvir war mittlerweile in die Einzelheiten eingestiegen: „Ich stelle Ihnen nun die Kandidatinnen vor. Der Einfachheit halber haben wir sie alphabetisch aufgereiht: Von links Alexa, Edith, Natascha und Sofia." Ob die ‚Damen' wirklich so hießen? Auch bei Anna meldeten sich bei mir erhebliche Zweifel.

„Bevor ich zu examinieren beginne, schicke ich an unsere Neulinge im Publikum voraus, dass hier niemand gequält wird. Unsere Vier sind vollständig informiert, was sie erwartet, und fiebern ihren Belohnungen mit großer Vorfreude entgegen. Nicht umsonst gibt es sie – die Belohnungen – für eine richtige und nicht für eine falsche Antwort.

Ich läute nunmehr das Quiz ein."

Der Moderator trat an das Pult und nahm das erste Blatt auf. Zu den Kandidatinnen gewandt fragte er: „Sind Sie bereit, meine Damen?" Ein vierstimmiges „ja" antwortete ihm. „Okay.

Erste Frage: Wie heißt die Hauptstadt von Burkina Faso? A: Bamako, B: Yaounde oder C: Ouagadougou?" Geografie, meine Stärke. Mir war immer wieder aufgefallen, dass sich auf diesem Wissensgebiet bei den meisten große Lücken auftun. Auch die Vier wussten keinen Rat. „Wiederholen Sie bitte die drei Lösungen?" „A: Bamako, B: Yaounde oder C: Ouagadougou." Ich war überzeugt, dass die Kandidatinnen mittlerweile auch den Namen des

Staates vergessen hatten, nach dem gefragt worden war. Schließlich rang sich Edith zu der Antwort zu, die mehr wie eine Frage klang: „B?" „Leider falsch, Edith, Yaounde ist die Hauptstadt von Kamerun. Ouagadougou, also wäre C richtig gewesen. Anna?"

Anna trat dichter an ihre Opfer heran und holte zum ersten Mal aus. Sie besaß wirklich Übung, das war ersichtlich: Das Paddel traf Sofias Backen mit einem vernehmbaren Klatschgeräusch perfekt gleichmäßig. Natascha und Alexa wurden genauso perfekt bedient. Bei drei Pos waren die ersten leichten Rötungen zu erkennen, während Ediths noch jungfräuliches Elfenbein zeigte.

„Zweite Frage: Wie hieß der erste Präsident der Vereinigten Staaten? A: Thomas Jefferson, B: Abraham Lincoln oder C: George Washington?" Alexa ließ sich nicht davon beeindrucken, dass erneut C richtig war und antwortete wie aus der Pistole geschossen: „George Washington!" „Super, Alexa! Anna?"

Diese ‚Belohnung' erhielt Alexa exklusiv. Wenn ich mich ein bisschen anstrengte, meinte ich erkennen zu können, dass die Färbung des linken Pos bereits leicht intensiver war als die der beiden rechten. Was mich erstaunte, war die Reaktion der Delinquentinnen: Auch beim Auftreffen des Paddels war ihnen keine Gemütsbewegung anzumerken, obwohl es richtig wehtun musste. Ediths kannte ich noch nicht, da sie bisher leer ausging. Mich erstaunte auch, dass Alexa Ausländerin zu sein schien, obwohl ich ihren Akzent nicht untergebracht bekam. Sie war sicher weder Italienerin noch Französin noch englischsprachig noch Osteuropäerin. Spanierin? Auch nicht. Wenn Alexa sich gut schlug, würde ich mehr von ihr zu hören bekommen.

Im Lauf des Quiz wusste ab und zu auch Edith etwas, obwohl sie mehr von falschen Antworten ihrer Konkurrentinnen profitierte. In einem Punkt unterschied sie sich nicht von ihnen: Auch sie nahm die Schläge gelassen hin. Dass Alexa sich als Beste profilierte, stellte sich schnell heraus.

Bereits bei Frage 30 leuchtete ihr Allerwertester in einer Intensität, gegen das Ediths, Nataschas und Sofias Hellrosa verblasste. Welcher Muttersprache sie war, hatte ich jedoch immer noch nicht herausgefunden.

Die Vier hielten sich an einer Stange fest, die sich in passender Griffhöhe quer über die Bühne zog. Immerhin fiel mir auf, dass sich bei fortschreitender Veranstaltung deren Hände immer fester daran klammerten, auch wenn sie nach wie vor keinen Mucks von sich gaben, wenn sie ‚belohnt' wurden.

„Frage 50: Den Erreger für welche Krankheit isolierte Robert Koch? A: Tuberkulose, B: Parkinson oder C: Pocken?" Wieder war es Alexa, die rasch auf „A, Tuberkulose!" kam und einen weiteren Streich einkassierte. Für eine Sekunde zeichnete sich dessen Ergebnis weiß auf dem Untergrund ab, bevor es die Farbe der Umgebung annahm.

„20 Minuten Pause", verkündete Tremmelvir, „die Damen müssen sich mal bewegen und vielleicht auch gewisse Verrichtungen vornehmen. Für Sie, meine Damen und Herren, steht neben dem bewussten Etablissement gern eine Bar zur Verfügung." Die Damen waren schlagartig wieder im Dunkel verborgen, während wir im Publikum uns die Augen wegen der plötzlichen Helligkeit rieben.

Das Bier, das ich mir gönnte, kostete locker das Fünffache wie in meiner Stammkneipe, aber ich fühlte mich so ausgetrocknet, dass ich darüber hinwegsah.

Die zweite Halbzeit unterschied sich nicht von der ersten. Bei der letzten Frage, der hundertsten, entfuhr Alexa ein unwillkürliches ‚ha!', als Tremmelvir sie verlas: „Frage 100: Aus wie vielen Ministern, die dort Bundesräte heißen, besteht das eidgenössische Kabinett? A: Sieben, B: Neun oder C: Elf?" Alexas „sieben" war heraus, bevor ihre Mitstreiterinnen überhaupt ihre Schaltkästen angeworfen bekamen. Merkwürdigerweise machte es bei mir trotz dieses deutlichen Hinweises nicht ‚klick'.

Alexa erhielt ihre ultimative Belohnung, aber da ihr Po bereits vorher seine tiefstmögliche Färbung erreicht hatte, war nichts Neues mehr zu sehen. Der Moderator betrachtete die Bescherung und verkündete: „Meine Damen und Herren, ich glaube, wir brauchen nicht mehr minutiös abzugleichen, wer das Quiz gewonnen hat. Ich bitte um Applaus für unsere eindeutige Siegerin Alexa!" Der Applaus erfolgte. „Aber auch die drei anderen Damen haben sich wacker geschlagen oder sind vielmehr wacker geschlagen worden; auch für sie bitte einen Applaus."

Die im Anschluss weiter geöffnete Bar des Madonna-Clubs reizte mich nicht. Sozusagen innerlich kopfschüttelnd wechselte ich in meine Stammkneipe. Obwohl ich mir vorgenommen hatte, das skurrile Quiz baldmöglichst in nicht mehr zugänglichen Bereichen meines Gehirns abzuschotten, schwirrte mir Alexa weiterhin darin herum. Sie hatte mir imponiert; nicht nur, dass ihr Allgemeinwissen sich dem Meinem als ebenbürtig erwiesen hatte, hatte sie darüber hinaus den klaren Eindruck vermittelt, dass sie sich mit der Beantwortung der einen oder anderen Frage bewusst zurückgehalten hatte, um ihren Kolleginnen nicht die Butter gänzlich vom Brot zu nehmen.

●

Es war ungefähr 1½ Jahre später. Der Juni zählt zwar zur Sommersaison, aber die Schulferien stehen noch aus, sodass die Schweiz im Modus der Vorbereitung auf den ganz großen Ansturm verharrt. Das einzige, das ich nicht bedacht hatte, waren die unzähligen Klassenausflüge in die Berge, denen sich die Schüler der Eidgenossenschaft unmittelbar vor der Zeugnisausgabe unterziehen müssen.

Ich hatte mich nicht für den Besuch eines der Premium-Alpenreiseziele Engadin, Berner Oberland oder Oberwallis entschieden, sondern für das eher als Geheimtipp geltende Urner Land, und mich in Altdorf, dem Hauptort des Kantons Uri einquartiert. Von da ist zwar mit zweimaligem Umsteigen, aber relativ rasch das Maderantal zu erreichen. In der Schweiz heißen Flusstäler häufig nicht nach den sie prägenden Gewässern, sondern weisen eigenständige Namen auf. So hören zum Beispiel der Unterlauf des Hinterrheins auf Domleschg, der Unterlauf der Landquart auf Prättigau und das oberste Tal der Reuß, nachdem sie den Oberalppass überwunden und sich nicht für den Schwenk ins Wallis, sondern den Richtung Uri entschieden hat, auf Urserental. Auf der anderen Seite fließt die Rhône, nachdem sie dem gleichnamigen Gletscher entkommen konnte und im deutschsprachigen Teil des Wallis bis Salgesch der Rotten genannt wird, keineswegs zunächst durch ein Rottental, sondern durch das Goms. Das wilde Gewässer, das in Kaskaden durch das Maderantal der Reuß zustrebt, ist genauso inkonsequenterweise der Kerstelen- oder, wie die Einheimischen modulieren, der Chärstelenbach. Es war wahrscheinlich eine aus Italien stammende Familie Maderan, die das Tal als erste besiedelte und es bleibend so taufte.

Ich hatte einen Fehler begangen. Unmittelbar hinter der Bergstation der Golzernbahn zieht sich ein Weg im Zickzack den Hang hoch. Den hatte ich verschmäht, sondern über den Ort Golzeren die Windgällenhütte angepeilt. Nach einem Kaffee – nicht, weil ich ihn nötig hatte, sondern mich ein Café in besagtem Ort freundlich anlachte – war es durch Wald zu einem Aussichtsfindling gegangen, auf dem ich nun stand und die angestrebte Hütte bereits im Blick hatte, allerdings noch weit über mir. Es wäre verlockend, einfach geradeaus weiter zur Alp Stäfel zu marschieren, aber ich hatte mir die Windgällenhütte nun mal zum heutigen Tagesziel auserkoren und neige dazu, mir Vorgenommenes auch zu erreichen.

Das letzte Stück war mörderisch steil. Gefühlt wurde es immer schlimmer und ich wäre in Versuchung geraten, wieder umzukehren, hätten mich nicht einige ausgesetzte Passagen, die ich keinesfalls wieder hätte herunterklettern wollen, davon abgehalten. Ich hatte bereits die Unterkante der Hüttenterrasse erreicht, als ich zusammenzubrechen meinte. Mit letzter Kraft wuchtete ich mich hoch und sah mich keuchend um. Die hölzernen Sitzgruppen waren gut besetzt. Die mit den wenigsten Gästen strebte ich an. Keiner auf einer Alpenhütte wird je einem Wanderer verwehren, sich zu ihm zu setzen. Ich hatte aber mittlerweile in Erfahrung gebracht, dass die Eidgenossen Rücksicht zu schätzen wissen, und fragte höflich: „Wär' bei Ihnen eventuell frei?" „Gern", lautete die selbstverständliche Antwort.

Es handelte sich um ein Paar und eine Frau, die offensichtlich nicht dazu gehörte. Ihr setzte ich mich ihr schräg gegenüber. Sie musterte meinen wahrscheinlich feuerroten Kopf und lauschte meinem pfeifenden Atem. In typisch schweizerischer Umschreibung fragte sie mich: „Sind Sie sicher, dass es Ihnen gut geht?" „Doch, bestimmt. Ein halber Liter Wasser und eine Gemüsesuppe, und ich bin wieder erholt."

Während ich aß und trank, unterhielten sich die drei in ihrem unverständlichen Dialekt. Nachdem ich mein Mahl beendet hatte, griff ich in meinen Rucksack und holte die Fotoausrüstung hervor. Alle drei wandten sich mir zu. „Jetzt versteh' ich, warum Sie erschöpft waren", erklärte die Solistin. Vollformat-Spiegelreflexkamera, 24-70/2.8er und 70-200/2.8er plus einige Accessoires wiegen nun einmal sechs Kilo. „Wissen Sie, wenn ich unterwegs bin, beneide ich die, denen ihre Handyoptik genügt; bin ich wieder zu Hause, bin ich dankbar, dass ich mich der Mühe unterzog, das Gerödel mitgeschleppt zu haben."

Nachdem ich von meiner Runde zurück war, war das Paar aufgebrochen. Auch die Alleinwandernde machte Anstalten zum Zusammenpacken. „Wo kommen Sie eigentlich her?" wollte sie wissen. „Von der Golzern-Bergstation." „Über Golzern?" „Ja." „Das ist wirklich heavy. Wissen Sie, direkt hinter der Seilbahn geht ein Weg hoch." „Den hab' ich gesehen, aber nicht ernst genommen. War das ein Fehler?" „Was heißt Fehler; Sie sind ja hier. Der ist nur einfacher. Wenn Sie einmal oben sind, und das ohne jede Schikane, geht's ganz gemütlich immer weiter am Hang 'lang bis hierher." „Gut zu wissen – fürs nächste Mal." „Und jetzt wollen Sie wieder zurück?" „Letzten Endes ja, aber über den Tritt und Balmenegg zur Talstation." „Ich auch. Wollen wir zusammen gehen? Allein in den Bergen ist nicht ratsam, auch wenn der Weg vor uns als reiner Wanderweg klassifiziert ist." „Gern." „Übrigens befinden wir uns hier in 2.032 Metern Höhe." „Stimmt, steht über der Tür. Was ist daraus zu schließen?" „Über 2.000 Metern ist in der Schweiz das ‚Sie' abgeschafft. Ich bin die Ursi." „Lothar." Ursi erhob sich und wir gaben uns die Hand. Jetzt erst sah ich, dass sie eine kurze Wanderhose trug, die in beeindruckender Höhe über Grund endete. „Na dann, Lothar."

Der Pfad führt unterhalb der Hütte einspurig unter ihr weg, bevor er sich wieder etwas weitet. „Warte mal." Ich hielt an. „Weit sind wir aber nicht gekommen." „Ich weiß, aber es wird immer heißer und ich sollte dagegen angehen." „Sonnenschutz?" „Genau. Würdest du meine Beine eincremen?" Was für eine Frage! Ich gebe zu, dass ich mich nicht nur auf meine Aufgabe konzentrierte, sondern auch die Festigkeit von Ursis Muskeln durch Abtasten prüfte, vor allem an den Innenseiten ihrer Oberschenkel relativ weit oben. Ich erinnere mich nicht, ob ich ein empörtes „he!" erwartet hatte, aber wenn, wurde ich enttäuscht. Es wäre von einer Frau auch sehr unrealistisch, roboterhaften Vollzug zu erwarten, wenn sie einem Mann Hautkontakt gestattet.

Am Brunnen der Alp Stäfel füllten wir unsere Wasserflaschen bis zum Rand, denn bis Balmenegg würde es keine weitere Gelegenheit dazu geben. Ursi und ich marschierten in der prallen Hitze los. Das Öfeli ist kein wirklich markanter Punkt, machte seinem Namen aber alle Ehre, und Tritt zeichnet sich dadurch aus, dass der Weg in einem scharfen Knick seine Ostrichtung aufgibt und sich nach Südwesten wendet. Je tiefer wir kamen, desto heißer wurde es. Die an sich willkommenen ersten Bäume kurz vor Balmenegg setzten uns insofern zu, als die Mücken in Schwärmen zu einem Überfall bereit waren, sobald ein unvorsichtiges Säugetier Anstalten machte, stehenzubleiben. Mag das Insektensterben ökologisch bedauerlich sein, hätte ich nichts dagegen, wenn sich Stechmücken und Schmeißfliegen dem zugesellten. Dafür sind leider keine Anzeichen erkennbar. Am widerlichsten sind Pferdebremsen, denn die stechen nicht, sondern beißen und hinterlassen schmerzhafte Pusteln. Außerdem sind sie die einzigen, die den Gepeinigten auch in der prallen Sonne umschwirren.

Den Dorfbrunnen von Balmenegg auf 1.349 Metern Höhe tranken wir schier leer, bevor wir uns im Garten des gleichnamigen Hotels gemütlich niederließen. „Du weißt, dass es noch ein ganzes Stück ist?" fragte mich Ursi. „Wie weit?" „Ungefähr zwei Stunden, allerdings befahrbare Kiesstraße in sanftem Gefälle." Der bisherige Weg war keineswegs gefährlich gewesen, aber für einen nicht Schwindelfreien anspruchsvoll, denn es war einige Male seitlich senkrecht hinabgegangen. „Gut, dann dürfen wir uns gefahrlos ein Bier gönnen; von Wasser hab' ich langsam die Nase voll." „Einverstanden."

„Was darf's sein?" „Zwei Halbe." „Was bitte?" „Zwei Kübel", sprang Ursi mir bei. „Ah, sofort."

„Unsere Ausdrucksweise ist doch ein bisschen unterschiedlich", bemerkte ich amüsiert. „Du heißt doch sicher Ursula." „Stimmt." „Dann hießest du in Deutschland Uschi." „Weiß ich und so heiße ich dort auch. Ich arbeite nämlich bei euch." „Och."

Ich wurde nachdenklich. Schweizer haben eine bestimmte Art der Betonung, wenn sie hochdeutsch sprechen, was sie schriftdeutsch nennen. Das gilt für Frauen umso mehr. Zu Anfang hatte sich mir der Eindruck gebildet, alle hätten die gleichen Stimmen; erst allmählich begannen sich die Frequenzen voneinander zu lösen. Ursis hingegen hatte mich von Anfang an an Erlebtes erinnert, das ich jedoch nicht einzuordnen vermocht hatte. Als wir uns jetzt beim Bier – beim ‚Kübel' – gegenüber saßen, schlug es wie der Blitz ein. Ich schloss kurz die Lider und atmete tief durch. „Du hast doch keinen Sonnenstich?" „Nein, nein, keine Sorge; mir ist nur 'was durch den Kopf gegangen."

Es geht noch einmal relativ steil bergab, bevor der Weg auf einer Holzbrücke den an dieser Stelle ruhigen Kerstelenbach überquert und die Alp Stößi folgt. Nicht, weil es nötig war, sondern wegen der Gelegenheit hockten wir dort zu einer frischen – wirklich frischen – Milch ab. „Wann heißt es eigentlich Alp und wann Alm?" erkundigte ich mich. „An sich liegen Alpen über und Almen unter 2.000 Metern, aber das weicht mehr und mehr auf; du siehst's ja hier; wir messen gerade einmal 1.200 Meter und trotzdem nennen sie sich hier Alp."

Während wir uns dem Ziel, der Talstation der Golzernbahn näherten, überlegte ich fieberhaft, mit welcher Anmache Ursi zu einem Tausch der Mobiltelefonnummern zu bewegen sei. Die Gelegenheit ergab sich überraschend, denn sie öffnete sich recht freimütig. „Ich bin zurzeit in Zürich bei meinen Eltern zu Besuch. Leider sind sie nicht mehr fit genug, um so eine Wanderung mitmachen zu können. Eine habe ich mir für diese Woche aber ausbedungen und das ist die heutige. Wie gesagt arbeite ich in Deutschland, ziemlich im Norden. Zum Glück, denn in 1½ Monaten steigt ja wieder mein jährliches Traumfestival und da bin ich nicht weit von weg." Ich sah Ursi fassungslos an. Traumfestival Anfang August in Deutschlands Norden? „Sag' bloß, du redest von Wacken?!" Jetzt lag die Verblüffung auf ihrer Seite. „Genau. Bist du auch dabei?" „Sicher, seit Jahren." „Dann können wir uns da ja treffen."

Wie von selbst war die Nummernübergabe erfolgt. Ich versuchte, Ursi nicht vor Begeisterung ständig mit Luftsprüngen zu umtänzeln, denn unerklärlicherweise verspürte ich dafür wieder genug Kraft. Sollte ich nicht gleich versuchen, sie…? Nein, ein bisschen zappeln lassen ist ein gutes Rezept, sich wertvoll zu machen. Dass sie über kurz oder lang anbeißen würde, betrachtete ich als sicher.

Von der Seilbahnstation geht es mit dem Postbus – Postauto, wie Ursi mich informierte – durch Bristen nach Amsteg im Reußtal hinunter. Die Straße windet sich in steilen Serpentinen am Felsen entlang und ist zudem einspurig mit einigen Ausweichstellen, sodass der Linienbus – Kursbus, wie Ursis Kurzlehrgang ausführte – vor nicht einsichtigen Kurven sein berühmtes Posthorn erklingen lässt und damit Vorfahrt meldet. Der berühmte Dreiklang aus Rossinis ‚Wilhelm Tell‘ mit den Tönen cis, e und a in A-Dur darf auch in der Schweiz nur erklingen, wenn dem Fahrer – beim südlichen Nachbarn heißt das dem Lenker – das durch ein Verkehrsschild mit dem Posthorn auf blauem Grund signalisiert wird. Die gleiche Tafel mit einem dicken roten Querstrich weist auf das Ende der Passstraße hin. Für die Kurslinie von Kaiserstuhl im Aargau nach Baden ist nicht zulässig, den Dreiklang ertönen zu lassen.

Wer ihn als Fahrer eines privaten Pkw vernimmt, hat sich beiseite zu drücken. Bei gut ausgebauten Pässen wie Furka oder Nufenen ist genügend Platz vorhanden, aber die Straße nach Bristen hat's wirklich in sich. Der Pfiffige wartet, bis er das Postauto aufbrechen sieht und hängt sich dann dran. Das ist ausnahmsweise nicht verboten.

Für den Talabschnitt ab Amsteg ist die Auto AG Uri zuständig. Ab Erstfeld geht es mit dem Zug weiter. In den Bussen saßen Ursi und ich nebeneinander. Leider gelang mir nicht zu verhindern, dass meine Hand auf meiner Nachbarin Schenkel parkte. Ursi tat als merke sie es nicht.

Auf dem Hausbahnsteig stand meine Zuger S-Bahn, die in Altdorf hält, während Ursi durch die Unterführung zu ihrem Interregio nach Zürich musste. Zum Abschied hielt sie mir ihre Wange hin. Ich küsste sie ein bisschen länger, als es sich für einen Abschied geziemt, einmal auf die linke und dann auf die rechte. „He, Zürcher Art!" „Was bedeutet das?" „Dreimal!" Damit hielt sie mir ihre linke Gesichtsseite ein weiteres Mal hin. Ich grub meine Lippen förmlich in sie hinein. „Genug!" Sie löste sich von mir. Aha, auch sie gedachte ihren Wert zu steigern. Bevor sie endgültig in der Tiefe verschwand, drehte sie sich noch einmal um. Wir kamen beide auf dieselbe Idee und bildeten mit der rechten Hand das Teufelszeichen: Faust geballt und Zeige- und kleiner Finger in die Höhe.

●

Es war wieder soweit. WOA, das Wacken Open Air hatte gerufen und 75.000 waren gekommen – mehr Karten dürfen nämlich nicht verkauft werden. Wenn ich mir die seltsam ausstaffierten Menschenmassen ansah, wunderte ich mich wieder einmal. Nicht-Eingeweihten ist die heay metal-Welt ein solches Rätsel, dass es sinnlos ist, ihnen Wissenswertes vermitteln zu wollen. Ich erinnere mich, dass ich einmal meiner Mutter anzuschauen empfohlen hatte, was in Schleswig-Holstein so abging, denn in jenem Jahr hatte sich das ZDF für eine Live-Übertragung angekündigt.

Das tat sie auch brav und äußerte sich durchaus positiv. „Die Leute sehen zwar fürchterlich aus, scheinen aber recht friedlich zu sein", urteilte sie. „Sind sie auch. Polizisten aus ganz Deutschland reißen sich um den Dienst hier, denn außer Kleinigkeiten geschieht nichts." „Erstaunlich. Aber, sag mal...." „Was?" „Du hast doch gesagt, das wäre ein Konzert. Ich hab' aber nur Höllenlärm gehört." Ich musste mich zurückhalten, nicht zu lachen. „Ach, weißt du, Mutti", beschwichtigte ich sie, „die Musiker traten später auf." Wie unterschiedlich Geräusche auf die Einzelnen einwirken! Für mich fehlt der Schwermetallmusik nichts an Harmonie und mitreißender Melodiösität.

Ich hatte mein primitives Firstzelt aufgestellt zunächst pflichtgemäß an der Eröffnung teilgenommen, die traditionell der Musikzug der freiwilligen Feuerwehr Wacken bestreitet. Danach waren einige weniger bekannte Bands aufgetreten, denen ich mit halbem Ohr zugehört hatte.

Der erste Höhepunkt war heute Abend um Acht der Auftritt von *Gamma Ray*. Die Zeit tickte diesem Ereignis entgegen, aber davor galt es Wichtiges zu erledigen. Seit fünf Wochen harrte eine Mobiltelefonnummer ihrer Nutzung. Ich muss bekennen, dass ich sie als so wichtig erachtete, dass sie die heute offiziell als Krankheit geltende digitale Demenz überlistet hatte: Ich hatte sie mir auf Anhieb gemerkt.

Ursi hatte mir die Nummer ihrer deutschen SIM-Karte mitgeteilt. Als ich mein Smartphone hervorholte, zitterten mir die Finger. Wenn sie mich verarscht hatte und die Nummer erfunden war? Klar war der Hauptgrund meines Hierseins das Konzert, aber...? Hatte nicht ein weiterer Grund von mir Besitz ergriffen und nahm immer breiteren Raum ein, seit ich Ursi kennengelernt hatte?

Ich schaffte es nicht, von Hand zu wählen, sondern rief den Speicherinhalt ab. Tut – tut – tut.... „Ja?" Ich musste erst schlucken, bevor ich eine Antwort herausbrachte. „Ursi, bist du's?" „Wenn du Ursi sagst, musst du aus der Schwiiz anrufen. Wer bist du?" „Die einzige Ausnahme. Erinnerst du dich ans Maderantal?" „Ah, Lothar!" Ich meinte ein wenig Freude aus ihrer Stimme herauszuhören. „Ich hatte schon gedacht, du hättest mich vergessen. Wo bist du jetzt?" „In ‚The Holy Wacken Land', wo sonst wohl? Und du?" „Auch, das heißt auf dem Campingplatz. Wen willst du hören?" „Auf jeden Fall Gamma Ray heute Abend um Acht. Kämst du mit?" „Gern. Wo wollen wir uns treffen?" „Es ist noch massig Zeit. Ich hol' dich ab. Wo hast du dein Zelt aufgeschlagen?" „Im Areal V, direkt an der AC/DC street. Findest du das?" „Leicht. Ich bin gar nicht weit weg davon, im Areal N am Gibson way. Ich komm' aber direkt zu dir." „Super. Bis nachher." Ich kappte die Verbindung.

Ich sah mich nach dem nächsten Dixi um, denn die Anstrengung, das Gespräch durchzustehen, ohne mir meine Nervosität anmerken zu lassen, war auf den Darm durchgeschlagen.

Nach zwei weiteren Orientierungsanrufen stand ich vor Ursis relativ geräumigem Igluzelt. „Ursi?" Sie krabbelte heraus, sprang hoch und umarmte mich. „Hallo, Lothar. Wie wär's mit einer Begrüßung, du weißt schon, nach Zürcher Art?" Zwei endlose Küsse auf die linke und einen noch endloseren Kuss auf die rechte Wange quittierte sie mit wohlwollendem Schnurren. Mich ihrem Gesicht zu widmen wagte ich noch nicht, sah aber Hoffnung aufkeimen, dass das heute noch geschehen würde.

Dann brachen wir beide in Lachen aus, denn wie nach Absprache hatten wir uns in den ungeheuer trendigen schwarz-roten Wikinger-Look geschmissen; Ursi hatte zum Glück unten herum erheblich an Stoff gespart und präsentierte ihre unglaublichen Beine in vollständiger Länge. „Ein Mann im Rock; das kürzt's vielleicht ab", meinte sie vieldeutig.

Ursi ist genauso ein Gamma Ray-Fan wie ich. Uns gefallen beiden die älteren Stücke, die die Band auch stets brav spielt. Bei *From the Ashes* ertastete meine Hand Ursis Taille, bei *Opportunity* lagen unser beider Hände festgedrückt um die des jeweils anderen, bei *Land of the Free* hatten wir uns einander zugewandt und bei *Insurrection* sich unsere Münder aneinander festgesaugt. Zum Glück ist es in Wacken während des Festivals beinahe unmöglich, öffentliches Ärgernis zu erregen.

Wir hörten uns pro forma eine weitere Band an und schlenderten danach zum Zeltplatz. Ich hatte weniger Bier getrunken als ich geglaubt hatte, trinken zu müssen, um meinen Mut zu steigern; Ursi hatte es mir leicht gemacht. Wenn die Nacht so abliefe, wie ich es erhoffte, wäre das ein Riesenvorteil, weil mir meine Blase nicht Quere käme.

„Was hast du für ein Zelt? „Leider nur ein primitives Firstzelt. Da passen kaum zwei 'rein." Wir hatten es nicht direkt ausgesprochen, aber beiden war klar, dass wir uns heute Abend nicht mehr trennen würden. „Dann zu meinem. Du hast ja gesehen, dass da ein bisschen Platz ist. Worauf liegst du? LuMa oder Iso?" „Isomatte. Luftmatratze ist mir zu umständlich. Und du?" „Auch. Dann gehen wir bei dir vorbei und du nimmst deine Matte, Kissen und Decke mit."

Beide Isoliermatten passten unter dem Igludach wunderbar nebeneinander. Ursi hatte sich auf dem Rücken ausgestreckt und wartete darauf, dass ich aktiv wurde. „Weißt du, dass so ein Zelt besser als ein normales Schlafzimmer ist?" „So?" „Naja, da stehen die Betten meistens neben der Wand und bieten nur für ein Bein Platz, sich nach draußen zu strecken." „Das tut man auch nicht; denk' an die Monster unter dem Bett; die schnappen es sich doch und beißen es ab." „Noch ein Pluspunkt für Zelt und Isomatten."

Ursi hob ihr Becken sachte an. „Zieh' mal!" Das ließ ich mir nicht zweimal sagen. Nachdem das Höschen in der Ecke deponiert war, spreizte sie ihre Schenkel beinahe rechtwinklig von ihrem Körper ab und lächelte mich einladend an. „Siehst du, wie schön Platz die Beine hier haben?"

Wir probierten alle Variationen aus: Mit und ohne Wikingerröcke, oben mit und ohne und schließlich gänzlich nackt unter der Decke, die allerdings ständig herunterrutschte. Ursi ist eine unglaubliche Frau. Wir schliefen diese Nacht so gut wie nicht, denn jedes Mal, wenn ich aus meinem Dämmerzustand erwachte, war das Ding wieder steif. Eine wunderschön feuchte und enge Grotte empfing es jedes Mal mit Begeisterung. Das Stöhnen und Jauchzen ihrer Besitzerin unterrichtete mich, wie sehr sie beglückt zu werden genoss. Dazwischen vergaßen Ursi und ich nicht, uns zu küssen und zu streicheln.

Wie erwähnt ist das Erregen öffentlichen Ärgernisses auf dem Wackener Festivalgelände, zu dem auch die Zeltstadt gehört, beinahe unmöglich; dazu ist anders geartete Erregung zu dominant. Ursis Zelt war beileibe nicht das einzige, aus dem Frauenquieken und Männergrunzen drang und in dem es erkennbar wogte.

Irgendwann tagte es. Ursi lag immer noch in aufreizender Pose auf dem Rücken, die Arme unter ihrem Kopf verschränkt. Die Flecken auf der Isomatte, die zeigten, dass einiges danebengelaufen war, störten sie nicht. Ich nahm endlich all' die Köstlichkeiten, die ich bisher spüren durfte, in voller Schönheit auch visuell auf und grabschte zum Abschluss ausgiebig an dem Frauenkörper herum; vor allem an Ursis festen Brüsten konnte ich mich nicht sattsehen und -fummeln.

„Frauen sind die Stärkeren", behauptete sie. „Inwiefern?" „Insofern, was wir die ganze Nacht getrieben haben. Wie oft kannst du noch?" „Ich brauch' eine Pause." „Siehst du? Von mir aus kannst du ihn noch zehnmal 'reinrammen, ohne dass ich sterben würde." „Ich fürchte, ich sehr wohl. Dafür hab' ich 'was anderes: Hunger." „Lenk' nicht ab. Aber du hast recht. Ein opulentes Frühstück wäre nicht schlecht."

Obwohl mir klar gewesen war, dass kein Erkenntnisgewinn einträte, hatte ich mir einen klassischen papiernen Reiseführer der schleswig-holsteinischen Nordseeküste zugelegt. Darin ist Wacken nur zweimal erwähnt: Einmal als Ort mit dem Hinweis, dass der Gasthof ‚Zur Post' empfehlenswert sei, und einmal als Etappe einer Radrundfahrt. Über den Ort selbst verschwendet das Buch keine Druckerschwärze und das WOA ist mit keinem Wort erwähnt; dafür finden jede Menge andere Kleinstveranstaltungen, von denen der Rest der Welt noch nie gehört hat, darin ihren Niederschlag.

Immerhin, die Aussage bezüglich des Gasthofs ‚Zur Post' stimmt. Da die nächste für uns wichtige Band, *Bloodbound*, erst um Elf auftreten sollte, verzichteten wir auf Balanceakts mit Brötchen und Kaffee im Freien und gönnten uns das opulente Frühstück in den Hallen der ‚Alten Post'. Ursi hatte ihre ‚Zivilklamotten' griffbereit gehabt; dann hatten wir uns zu meinem Zelt begeben, damit auch ich mich mit Jeans und Polohemd unkenntlich machte.

Wir studierten die Speisekarte. „Hier: Original American breakfast. Wie wär's?" „Klar."

„Was darf's sein?"

„Original American breakfast complete, coffee, ham, fried eggs sunnyside up, please."

„Another one, but bacon and eggs overeasy, please."

Ungerührt wanderte die Bedienung Richtung Küche. Wir grinsten uns an. „Ich bin gespannt, was wir kriegen." „In der Grundstruktur wird's stimmen."

In den USA ein Frühstück zu bestellen ist wie eine Examensprüfung. ‚Wenn Sie Spiegeleier wollen, welche Zubereitungsart?' Sunnyside up oder einfach sunny ist ein Spiegelei, wie wir es kennen, während overeasy oder einfach over bedeutet, dass es beim Braten einmal gewendet wird, damit den Gast nicht das Eigelb sozusagen anglotzt. Wem das zu schwierig zu merken ist, bestellt scrambled eggs, nämlich Rühreier, bei denen es keine spezielle Varianten gibt. Gekochte Eier sind boiled eggs und in Amerika unüblich, auf Nachfrage aber erhältlich.

Zu unserer Überraschung kam alles genauso, wie wir es bestellt hatten. „Alle Achtung", entfuhr es Ursi. „Glaubt ihr, ihr legt mich 'rein?" konterte der biedere Kellner und grinste seinerseits uns an. „Ich muss allerdings zugeben, dass ich das vor zwanzig Jahren noch nicht gewusst hätte."

„Schade, dass wir durchschaut sind", bedauerte Ursi, „sonst hätte ich nach ‚free refilling' gefragt." „Naja, einen zweiten Kaffee rück' ich 'raus", wurde uns beschieden.

Wir ließen es uns schmecken. „Hash browns sind im Grunde Berner Rösti", bemerkte ich. „Stimmt. Die Amerikaner haben an sich nichts selbst erfunden. Das Frühstück ist englisch außer den Kartoffeln, die es auf der Insel nicht gibt; dafür haben sie dort Grilltomaten, Bohnenpampe und Fleischpudding zusätzlich. Vorbild ist der schottische Haggisbrei und so ungefähr das einzige britische Rezept, das mit Pfeffer arbeitet."

Der zweite Kaffee kam. „Weißt du, Lothar, dass ich mal bei 'was ganz Beklopptem mitgemacht habe?" Mir lief ein Schauer über den Rücken. Gleich würde Ursi beichten. „Und bei was?" „Bei einem Quiz." „Was soll daran bekloppt sein?" „Naja, es war ein spezielles. Was würdest du dir bei dem Begriff ‚Klatsch-Quiz' vorstellen?" „Hm. Vielleicht, dass Meldungen aus der Klatschpresse drankämen." „Nein. Was ist normalerweise die Belohnung für eine richtige Antwort?" „Ein bestimmter Geldbetrag." „Und wenn die Belohnung aus einem ‚klatsch' besteht?" „Du meinst, einen hinten drauf?" „Genau." „Das heißt, wer eine Frage nicht beantwortet, dem blüht das?" „Umgekehrt. Wer richtig antwortet, kriegt einen drübergebraten, und zwar heftig." „Und was hat das für einen Sinn?" „Frauen lassen sich auf die tollsten Sachen ein. Manchmal aus innerem Trieb, manchmal aus Abenteuerlust. Bei mir war es Abenteuerlust, aber während der Veranstaltung merkte ich, dass sich in mir etwas änderte."

„Hm." Ich sah Ursi nachdenklich an. Das Puzzle näherte sich seiner Vollendung. „Und was hast du für Konsequenzen daraus gezogen?" „Bis anhin keine."

Als wir ‚Zur Post' verließen und uns dem Festivalgelände näherten, sagte Ursi unvermittelt: „Soll ich dir 'was sagen? Ich hab' Sehnsucht." Sie brauchte nicht zu erklären, was sie meinte. Ich sah an ihrer Rückseite hinunter und mein Blick blieb an zwei wunderschönen Apfelsinenbäckchen hängen, die bestens sitzende Jeans optimal zur Geltung brachten. „Dein Wunsch ist mir Befehl, Alexa", antwortete ich. Alexa alias Ursi zuckte mit keine Wimper, als sie sich mit diesem Namen angesprochen hörte. Sie zuckte auch mit keiner Wimper, als meine Handfläche mit einem vernehmbaren Knall auf der mir bequemer zugänglichen Apfelsine landete, aber ein glückliches Lächeln umspielte ihre Mundwinkel. Alexa war die Siegerin.

Svetlana als Frisbee

US-Amerikaner und Russen zeichnet eine Gemeinsamkeit aus: Ihre lockere und unkomplizierte Art, miteinander, aber auch mit Neuankömmlingen umzugehen.

Da die Amis erst jetzt ihre eigene Raumstation in die Umlaufbahn zu transportieren sich anschicken, ich aber meine Ausbildung abgeschlossen habe und nicht zu warten gewillt bin, bis es soweit ist, da dann meine körperliche Fitness und fachlichen Kenntnisse längst wieder eingerostet wären, verdingte ich mich bei der Konkurrenz in Baikonur. Neben meiner technisch-wissenschaftlichen Grundlage erfreue ich mich eines gewissen Sprachtalents, sodass ich in einem Schnellkurs die Sprache meiner Gastgeber in einigermaßen nützlicher Frist zu erlernen fertigbrachte.

Mir war klar, dass ich sozusagen als Quoten-Ausländer herhielt, aber anders wäre es mir bei den Akteuren jenseits des großen Teichs auch nicht gegangen. Immerhin war es diesen gelungen, wieder ein Zubringerprogramm auf die Beine zu stellen, mit dessen Hilfe ich zur Station befördert wurde.

André, mein Vorgänger, war verabschiedet, mein Weltraumtaxi hatte wieder abgedockt und ich sah mich im intimen Kreis meiner künftigen Kollegen allein. Meiner Kollegen und Kollegin, um genau zu sein, denn neben Jewgenij und Sergej befand sich Svetlana an Bord, die mich alle drei herzlich begrüßten. Aus ihnen bestand das Stammpersonal, das jährlich abgelöst wird.

Wir waren ohne langatmige Erklärungen sofort per Du. Im Gegensatz zum Englischen kennt das Russische das ‚Sie‘, aber das wird nur bei hochrangigen – oder unsympathischen – Personen angewendet. Wer sich als Gospodin – Herr – angesprochen findet, hat etwas falsch gemacht.

Wir vier Wissenschaftler waren mit Arbeiten und Experimenten gleichmäßig ausgelastet. Bei meiner Ankunft war Jewgenij nominell Kommandant, aber nicht in festgelegtem Rang, sondern turnusmäßig. In zwei Monaten wäre ich dran, aber zunächst hatte ich mich zu bewähren.

Längst ist die drangvolle Enge der früheren Raumstationen einigermaßen erträglichen Wohnverhältnissen gewichen. Jeder darf sich in einer Art Privatzimmer mit seiner Koje drin ausstrecken; Essküche, Fitnessraum und die Labors sind natürlich gemeinschaftlich genutzt. Zu der Toilette folgt im drittnächsten Absatz eine Zusatzbemerkung.

Der wichtigste Unterschied zwischen einer gewöhnlichen, von der Außenwelt abgeschotteten Station – sagen wir in der Antarktis – und unserer freischwebenden besteht in der hier herrschenden Schwerelosigkeit, die jeder an sich normalen Tätigkeit ihren Stempel aufdrückt.

Wehmütig dachte ich an eine Science Fiction-Kurzgeschichte, die Stanley Kubrick 1968 zu dem bis heute vorgeführten Film ‚2001: Odyssee im Weltraum' ausgebaut hatte. Mit für die damalige Zeit unglaublichem Realismus beginnt er in einer Raumstation, die aus einer in sich geschlossenen runden Röhre besteht, sich dreht und auf diese Weise künstliche Schwerkraft erzeugt. Der Autor, Arthur Charles Clarke, hatte dem Regisseur bei der bahnbrechenden Konstruktion und ihrer visuellen Darstellung beratend zur Seite gestanden, da diesem die physikalischen Kenntnisse dazu abgingen. Der Film zeigt keine technischen Zauberkunststücke, die nicht mit den damaligen Mitteln bereits realisierbar gewesen wären. Ich fragte mich, warum die Menschheit es ein halbes Jahrhundert nach diesem Fingerzeig immer noch nicht geschafft hat, die geniale Konstruktion zum realen Nutzen nachzubauen. Dass Clarke einen entscheidenden Vorteil des Schwebezustands übersehen hatte, sollte sich mir erst später erschließen.

Zunächst zu den Nachteilen. Die Nachtruhe funktioniert nur festgeschnallt, essen entweder mit Röhrchen oder unter größter Vorsicht aus verschlossenen Schüsseln, die seitlich einen winzigen Schlitz für den Zugriff bieten, und das Verrichten der Notdurft mit entsprechenden Behältnissen; besonders unangenehm ist das tägliche ‚große Geschäft‘, das einen Darmabsauger erfordert. Aber auch daran hatte ich mich nach einigen Tagen gewöhnt.

Wichtig ist das Fitnessprogramm, das strikt eingehalten zu werden hat. Man sollte nicht glauben, welch‘ sportliche Anstrengung es ist, auf der Erde mit ihrer Beschleunigung von 9,81 m/s² aufrecht zu stehen. Das entfällt in der Schwerelosigkeit. Gäbe man keine Gegensteuer, wären die Muskeln nach wenigen Tagen mit der Konsequenz verkümmert, dass man nach Rückkehr zur Erde das nicht mehr könnte – aufrecht stehen.

Die im vorletzten Absatz erwähnten Tage dienen ebenfalls lediglich dem Zwang, den Ablauf zu strukturieren. Deshalb gilt hier oben – auch dieser Ausdruck ist an sich Unsinn – der 24-Stundentag, obwohl die Station alle 90 Minuten die Erde einmal umrundet und während dieser Zeit alle Tageszeiten durchlaufen hat. Durch das Ein- oder Ausschalten der Innenbeleuchtung oder Öffnen oder Schließen der Metalljalousien versuchen die Kosmonauten, irdische Verhältnisse nachzuvollziehen.

Nach einigen Tagen, um diese populäre Ausdrucksweise beizubehalten, hatte ich mich eingelebt. Nur für Außeneinsätze besteht Raumanzugpflicht, während wir uns innerhalb der Kapsel in lockerer Sportkleidung bewegen. Das ist gewöhnungsbedürftig, denn es gilt die Hose nicht hochzuziehen, sondern irgendwie an den Leib zu fummeln. Svetlana, Jewgenij und Sergej lachten sich schier kaputt, als sie meine ersten unbeholfenen Versuche verfolgten. Auch das Leibchen zeigt sich widerborstig: Passt sein Besitzer nicht auf, schwebt es ihm ständig auf und davon.

Auch diese Klippe meisterte ich irgendwann und der Dienst wurde zur Routine.

Russen sind wie zu Beginn erwähnt locker und unkompliziert. Ich hatte zunächst versucht, darüber hinwegzusehen, dass Svetlana sich in recht knappe Hemdchen und Höschen zwängte. „Dann flattert's nicht so", beschied sie mir, als ich mir doch einmal das Herz fasste, sie darauf anzusprechen. Mir fiel eine weitere Einzelheit auf. Während der ‚Nacht', die für alle Freischicht bedeutete, verschwanden Jewgenij und Sergej wechselweise bei ihr und mit ihr in ihrem Kabuff. Ein bisschen neidisch war ich ja, denn ohne allzuviel Fantasie aufzuwenden war klar, was die beiden da trieben. Naja, dachte ich, warum sollen sie nicht. Ich bin natürlich ein Fremder, für den das nicht in Frage kommt. Andererseits wäre es als wissenschaftliches Experiment zu werten, wie sich ‚das' in unserer Situation anlässt.

Svetlana sprach mich von der Seite an. „Hast du nicht auch mal Lust?" Ich wusste sofort, was sie meinte. Ich bemühte mich, so zu tun, als bliebe ich ruhig. „Nichts lieber als das. Aber, sag' mal…." „Ja?" „Jewgenij und Sergej, werden die nicht…?" „Die wundern sich schon längst, warum du dich noch nicht 'rangemacht hast. ‚Typisch deutsch', ist ihr Urteil, ‚korrekt bis zur Selbstaufgabe'. Hier oben wird alles brüderlich geteilt."

Jewgenij und Sergej taten diskreterweise, als sähen sie nicht, dass ich mich durch die ‚falsche' Tür zur Nachtruhe begab. Svetlana instruierte mich: „Man kann die Gurte waagerecht befestigen. Wenn wir uns darunter aufhalten, ist so wenig Platz, dass nicht die Gefahr des Aneckens besteht. Da alles Weichplastik ist, täte das zwar nicht weh, brächte uns aber aus dem Rhythmus – was schade wär'. Außerdem bitte ich dich, ein Kondom zu benutzen." Das war klar; andernfalls schwebte alles, was nicht in die Grotte hineinpasst, frei im Gelände herum, ohne dass eine Chance bestünde, das Zeug je wieder vollständig einzusammeln.

Wirklich spektakulär war unsere erste Nummer nicht. Ich brauchte nicht lange, um durch streicheln und küssen, aber auch reine Bewunderung von Svetlanas appetitlichen Rundungen trotz ihrer durch Athletik straffen Muskeln soweit zu kommen, dass sich das Gummi überstreifen ließ und es losging.

Spektakulär waren die Umstände, die so anders als auf unserer Heimat mit dort bleischweren Gliedern anmuteten. Während des Liebesakts ist immer irgendwie ein Arm im Weg, der unter einem Körper liegt und schmerzt, wenn man nicht aufpasst. In der Schwebe entfällt das Problem.

Da es nicht möglich ist, angeschnallt zu zweit auf einer Pritsche zu schlafen, war klar, dass ich mich zu meiner eigenen zurückziehen musste. Uns eine Zeit lang unterhalten lag dennoch drin. „Das mit dem Arm hast du gemerkt?" „Wunderbar. Auf der Erde werde ich Mühe haben, mich zurückzugewöhnen." „Ich weiß gar nicht, wie ich das bewerkstelligen soll. Ich hoffe, ich habe zu Hause überhaupt noch Lust."

Im Fitnessraum spielten wir zu viert gern Frisbee. Die Scheibe hat das richtige Gewicht und ist nachgiebig genug, um ohne Verletzungsgefahr mit ihr umgehen zu können. Eigentlich heißt es Masse, denn Gewicht gibt es auf der Station ja nicht. Auf der Erde setzen wir aus Vereinfachungsgründen beides gleich, aber korrekterweise muss das unterschieden werden. Die Trägheit eines Körpers bleibt immer gleich, welcher Schwerkraft er auch ausgesetzt sein mag oder eben gar keiner.

Nach meiner ‚Weltraum-Entjungferung' wurden wir immer freizügiger. Ich hatte den Eindruck, nach Aufnahme aller Besatzungsmitglieder in den Kreis der Eingeweihten wird Kleidung nur bei eingeschalteter Kamera angelegt, vor allem beim Sport. Daran, dass im Adamskostüm das ‚Gehänge' keineswegs hing, sondern sich außer in aktivem Zustand stets selbstständig machen zu wollen den Eindruck vermittelte, galt es sich einzustellen.

„Heute spielen wir Frisbee zu dritt", verkündete Jewgenij. „Wer scheidet aus?" fragte ich überrascht. „Keiner. Svetlana übernimmt nur eine andere Rolle." Wir waren splitternackt. Um etwas zu werfen, ist nötig, sich fest an die Wand zu pressen und mit einer Hand festzuhalten, damit man nicht dem Wurfgeschoss hinterhergleitet. „Was für eine Rolle?" „Ich zeig's dir. Svetlana?"

Svetlana baute sich, ihre Kehrseite Jewgenij zugewandt vor ihm auf und bemühte sich, sich möglichst ruhig zu verhalten, damit sie ihm nicht davonschwebte. „Es geht um Impulserhaltung. Svetlana, alles klar?" „Alles klar!" Lautes Klatschen erfolgte und Svetlana wehte erstaunlich schnell zu Sergej hinüber. Während des Fluges oder besser gesagt der Fahrt schaffte sie es, sich so zu drehen, dass sie auch Sergej Rücken voraus erreichte. Ich sah dessen Hand auf ihrer hinteren Rundung landen, sodass sie sich auf den Weg zu mir aufmachte. Mir war klar, was von mir erwartet wurde, als sich Svetlana mir näherte. Auf ihrem Po waren deutlich zwei rote Flecken zu erkennen. „Bitte die andere Backe und möglichst fest", raunte sie mir zu. Anscheinend gelang mir das nicht richtig, denn Svetlanas Weg zu Jewgenij dauerte gähnend lange. „Mensch, da musst du aber noch üben", beschwerte sich dieser.

Ab der dritten Runde hatte auch ich mich eingespielt. Svetlanas Hügel wurden immer röter, aber ihr schien das Spaß zu bereiten. Sie begann besonders gelungene Treffer lobend zu kommentieren. Ich war stolz, als sie das zum ersten Mal bei mir tat. „Super, der saß! Du lernst."

Nach ungefähr 20 Runden, also immerhin 60 Schlägen auf Svetlanas Hintern war Schluss. Ich brauche kaum zu erwähnen, dass uns männlichen Mitspielern ein bestimmter Körperteil stark angewachsen war.

„Wer darf heute als erster?" fragte Sergej in die Runde. „Wenn du so fragst, liegt die Antwort auf der Hand", bestimmte Jewgenij. „Da für ihn Premiere war, gönnen wir es unserem Teutonen." Ich sah mich um. „Alles vorbereitet. Wir machen's hier und hier hast du ein Gummi. An den

Wänden sind ja genug Griffstangen. Svetlana hält sich an einem Paar fest, das tief genug angebracht ist, und du dich an ihr."

Svetlana blieb für alle drei in ihrer Position. Dank fehlender Schwerkraft manövrierten wir ihre Dose ohne Anstrengung in die zu jedem Stecker passende Ebene. Der Po war wunderbar warm und verschaffte mir einen galaktischen Abgang. Ich habe keinen Grund anzunehmen, dass es Jewgenij und Sergej anders empfanden. Hingegen habe ich Grund zu der Annahme, dass die Architekten des Fitnessraums an diesen Verwendungszweck für ihre Gerätschaften nicht im Traum gedacht hatten.

Das Spiel spielten wir im Schnitt einmal pro Woche. Dazu die Standardficks.... Ich gebe zu, als meine drei Monate vorüber waren, wobei ich wie vorgesehen den letzten als Kommandant absolvierte, bedauerte ich das sehr.

Wenn die amerikanische Fähre anlegt, gilt es zunächst, gemeinsam den Nachschub in die Station zu schaffen. Ein bestimmter Karton fiel mir ins Auge und veranlasste mich zu einem Grinsen: Es handelte sich um den mit den Kondomen. Als nächstes wird der Abfall in die Gegenrichtung gereicht; endlich darf der Nachfolger des Gastkosmonauten in seine neue Heimat hineinkrabbeln. Bei meinem handelte sich um einen Japaner, der vermutlich vom Ernst seiner Aufgabe vollständig beseelt war. Als ich in mein Taxi stieg, wurde mir bewusst, dass ich mich von ihm mit demselben süffisanten Lächeln verabschiedet hatte, das mir bei meiner Ankunft André geschenkt hatte und das ich damals nicht hatte einordnen können.

Christine auf dem Roller

Ich fühle mich in einem Nadelstreifenanzug äußerst unwohl. Meines Erachtens kommen sie auch immer mehr aus der Mode. Mein Brötchengeber, eine namhafte Unternehmensberatungsfirma, verlangt im Dienst dieses Outfit jedoch immer noch.

Mittlerweile werden mir hochkarätige Firmen anvertraut, die ich zu beraten habe. Die sind allerdings so hochkarätig, dass sie sich nicht mit einem einzigen Vertreter zufrieden geben, wobei sie im Zeitalter wachsender Quotenregelung ein gemischtes Team bevorzugen. Mit gemischt meine ich geschlechtlich gemischt; weitere Quotierungen nach Vegetarier(inne)n und Veganer(inne)n, Schwulen und Lesben und Raucher(inne)n und Cannabiskonsument(inn)en sind derzeit nicht in Sicht.

Das Frauen-/Männerverhältnis würde mein Laden am liebsten auf 2:1 bringen, aber da stellten sich Schwierigkeiten bei der Rekrutierung ein. Unternehmensberatung ist zwar keine technische Branche, aber eine zeitfressende. Über eine 40-Stunden-Woche kann ich nur lachen, zumal Geschäftsführungen Sitzungen mit Vorliebe spät abends ansetzen und bis in die Puppen gehen lassen. Die Ursache dafür sehe ich darin, dass deren Vertreter zwar fortgesetzt beteuern, dass sie sich danach sehnten, mehr Zeit mit ihren Familien zubringen zu dürfen, aber genau das Gegenteil anstreben: Von ihnen möglichst in Ruhe gelassen zu werden. Klar, denn in ihren Betrieben spielen sie die uneingeschränkten Herren, während ihnen in ihren eigenen vier Wänden standesunwürdige Handlungen wie Windeln wickeln oder Geschirr abtrocknen zugemutet werden.

Zurück zum Geschlechterverhältnis. Meistens bekommen wir eine Dreiergruppe zusammen, die sich aus einer Frau und zwei Männern zusammensetzt. Nach einigen Wechseln stellte sich heraus, dass ich mit Christine und Herbert am besten harmoniere. Das liegt nicht nur an unseren

Erfolgen, sondern auch an unserer Seelenverwandtschaft. Wir sind nämlich Anarchisten.

Nach außen sind wir seriös, dass es zum Abhusten ist. Wir haben uns aber durchschaut. Im Grunde wissen wir, dass die meisten Mandate nach fünf Minuten enden könnten, denn nach dieser Zeit steht fest, dass die zu sanierenden Betriebe sofort saniert wären, wenn deren Geschäftsleitungen entfernt würden, da diese zu 90% aus Vertretern bestehen, die senil, unfähig, korrupt oder kriminell oder alles zusammen sind. Da es aber die sind, die uns bezahlen, hüten wir uns natürlich, eine derartige Expertise zu veröffentlichen, sondern suchen in Geldflüssen, Mitarbeiterauslastung, Einsparungen und betrieblichen Abläufen eine Lösung. Dazu brauchen wir in richtigen Großkonzernen erfahrungsgemäß Monate, die unsere Kassen klingeln lassen.

Aus Nadelstreifenstoff werden auch Kostüme gefertigt. An dem, das sich Christine zugelegt hat, war unten herum sehr gespart worden. Ihr Rocksaum endet in einer Höhe, die den Dresscode unserer Branche aufs Äußerste ausreizt. Merkwürdigerweise hat sich in den Chefetagen noch keiner der dort residierenden alten Säcke je darüber beschwert.

In den Bankenvierteln mit dem Auto herumzufahren ist sinnlos. Wir dürften die horrenden Parkgebühren zwar als Spesen einreichen – letztlich zahlt sie ja der Kunde –, aber es ist uns einfach zu lästig und zeitraubend, den halben Tag mit der Suche nach einem geeigneten Abstellplatz zuzubringen, um zum Schluss weiter entfernt von unserem Zielort zu landen, als wir morgens vom Hotel aufgebrochen sind. Im Sommer sind handliche, zusammenklappbare Tretroller, sogenannte Scooter ideal, die neben unseren schicken Tagesrucksäcken, die wir trendig citybags nennen, unsere Gütesiegel, sozusagen unsere corporate identity markieren.

Wenn es wieder einmal durch die halbe Fußgängerzone zu einem anderen Standort der weitverzweigten Bürolandschaft unseres Kunden geht und wir uns dazu elegant durch die Menschenmenge manövrieren, achten Herbert und ich darauf, dass uns Christine immer eine halbe Rollerlänge voraus ist, damit wir das Muskelspiel ihrer herrlichen Beine im Blick behalten. Ihre Geschicklichkeit grenzt angesichts ihrer hochhackigen Schuhe an Akrobatik.

Wir überarbeiten uns nicht wirklich. Zwischen den Einsätzen, die uns örtlich binden, sind wir viel mit dem Erstellen von Statistiken, Diagrammen, Tabellen und powerpoint-Präsentationen beschäftigt, für das wir uns einer gefälligen Umgebung anvertrauen dürfen. Im Augenblick saßen wir auf einer beschatteten Bank im großzügigen Zentralpark und stützten uns auf die Lenkerbügel unserer Scooter ab. Wir ähnelten zweifellos dem berühmten Arbeiterdenkmal, das heißt dem Werktätigen, der auf die Schaufel gestützt geduldig auf den Feierabend wartet. Bei unserer Variante kommt der Vorteil hinzu, dass die Steuerrohre unserer Fahrzeuge zwischen unseren Beinen Platz finden, was diese zu einer leicht gespreizten Pose veranlasst. Dadurch nähern sich Christines Kniee unseren, denn Herbert und ich nehmen sie aus atavistisch-männlichem Beschützerinstinkt stets zwischen uns. Wenn wie aktuell ein Gebüsch guten Sichtschutz bietet, liegt irgendwann zufällig die passende Hand jedes von uns auf dem ihm zugewandten Oberschenkel. Da der Nadelstreifenrock so freundlich ist, im Sitzen fast bis zum Hals seiner Besitzerin hochzurutschen, und Christine auf Strümpfe verzichtet, wenn es irgendwie geht, da sie angeblich das Nylon nicht verträgt, finden die Männerhände ihren Ruheplatz auf wunderbar zarter Frauenhaut über festem Fleisch. Ein bisschen herumdrücken und hoch und 'runter streifen schützt den weiteren Verlauf der Pause vor Langeweile.

„Wie wär's mit dem Stadtwald?" fragte Christine. „Da willst du dein neues, geniales Organigramm für die Aktuariatsabteilung fertigstellen?" „Quatsch! Meine erste Sitzung habe ich morgen um Elf, den Wisch schieb' ich zwischen Frühstück und Aufbruch. Ich bin hier aufgewachsen und weiß, dass der Stadtwald schön ist. Vor allem ist schön, dass er im Augenblick, an einem Werktagmittag, praktisch menschenleer ist. Wie steht's mit euch?"

Herbert stellte genauso wie ich fest, dass es für heute nichts mehr zu tun gäbe. „Es wird immer heißer", bemerkte Christine, „lasst uns erst zum Hotel fahren und die Jacketts deponieren." Komplette Freizeitkleidung war uns verwehrt, denn noch schoben wir offiziell Dienst.

Nachdem uns das Taxi auf dem Wanderparkplatz entlassen hatte, standen wir vor einem asphaltierten Waldweg. „Da können wir schön rollen und die Natur genießen. Der Weg ist ungefähr fünf Kilometer lang." „Sollen wir ein Wettrennen veranstalten, Christine?" „Ich dachte eher an ein wissenschaftliches Experiment." „Ein was?" „Sitzst du auf den Ohren? Ein wissenschaftliches Experiment."

Herbert schaltete schneller als ich. „In welcher Disziplin?" „Impulserhaltung. Ihr kennt doch das Spielzeug mit den frei aufgehängten fünf Stahlkugeln. Hebst du eine hoch und lässt sie gegen die anderen prallen, bleiben die mittleren drei unbewegt und die äußerste der anderen Seite erreicht fast dieselbe Höhe wie die, von der du die erste fallengelassen hast. Machst du dasselbe mit zweien, bleibt nur die mittlere unbewegt und zwei pendeln hoch. Nimmst du vier, verharrt nur die vorderste und die hinteren vier setzen sich in Bewegung. Noch einfacher ist's mit drei gleichen Geldstücken. Du legst zwei nebeneinander, dass sie sich berühren, und drückst das vordere fest auf eine glatte Unterlage. Dann schnippst du das dritte von der entgegengesetzten Seite auf das, das du festhältst. Prompt wird das hintere davonrutschen; das kommt allerdings wegen der Reibungswiderstände nicht besonders weit."

„Sooo…; und wie sollen wir das Experiment durchführen?"

„Ein bisschen abgewandelt. Ich möchte den Fuß während der Fahrt nicht auf den Boden setzen. Dafür müsst ihr mich in Bewegung halten. Ich möchte aber nicht, dass ihr mich schiebt." Herbert und mir dämmerte es gleichzeitig. Unwillkürlich fiel unser Blick auf eine bestimmte weibliche Gegend. Christines Schneider hatte bei ihrem Rock nicht nur an der Länge gespart, sondern auch beim Umfang. Der Stoff schmiegt sich eng an ihr Becken und erlaubt einem Körperteil besonders, sich zu exponieren. „So wie ihr guckt, habt ihr's geschnallt", kommentierte unsere Kollegin. „Ganz so hartelastisch wie Stahl ist mein Kamerad da hinten nicht, aber gut trainiert und schön straff. Er wird ausreichend federn.

Eine kleine Bedingung gibt's: Jedes Mal, wenn ich nicht mehr rolle, kostet's euch heute Abend ein Bier. Wenn jemand kommt, gilt das natürlich nicht, denn dann müssen wir uns ja normal benehmen."

Einmal stieß sich Christine ab, bevor wir in Aktion traten. Da Herbert Rechtshänder ist und ich Linkshänder bin, positionieren wir uns stets so neben ihr, dass er sich links von Christine befindet und ich rechts. Zunächst verloren wir etliche Bier, bis wir erkannten, dass wir richtig fest hinlangen mussten, damit Christine genügend Schwung für nachhaltigen Vortrieb erhielt. Dranbleiben war alles, um rechtzeitig den Nächsten zu platzieren.

Nach dem ersten Kilometer hatten wir uns eingespielt. Es knallte ununterbrochen; sollte es wirklich fünf Kilometer bis zum Ziel sein, würde Christine einige Hundert einstecken. Es schien ihr aber nichts auszumachen. Sie zuckte bei jedem Treffer beinahe unmerklich nach vorn, aber ihr seliges Lächeln war ihr nicht 'rauszuhauen.

Sie hatte recht gehabt. An sonnigen Wochenenden ist der Stadtwald schwarz von Ausflüglern, aber heute ließ sich niemand blicken. Ungestört spielten wir unser Spielchen zu Ende. Als wir an dem Punkt ankamen, an dem der Asphalt endete, waren wir alle drei erschöpft. Mir taten meine linke Hand und mein linker Arm weh und Herbert verspürte seitenverkehrt vermutlich das gleiche. Was Christine wehtun mochte, darüber gab es wenig Rätselraten.

Sie atmete tief ein und aus. „Wollt ihr sehen, was ihr angerichtet habt?" fragte sie. „Du hast es selber provoziert." „Weiß ich; war ja auch kein Vorwurf. Kommt aber besser seitlich ins Gebüsch; nicht dass plötzlich doch jemand auftaucht."

Christine schob ihren Rock über die Hüften und Herbert und ich sahen, was wir auf Grund einer fehlenden SSL, das heißt einer fehlenden sichtbaren Sliplinie und der Aufprallgeräusche bereits vermutet hatten: Sie hatte sich im Hotelzimmer nicht nur ihres Jacketts, sondern auch ihres Höschens entledigt. Außerdem sahen wir zwei im schönsten Rosa leuchtende Halbkugeln, die einer Straßenlaterne paroli zu bieten imstande wären. „Dürfen wir...; dürfen wir mal 'ran?" „Gern. Noch der Abreibung sehnt Er...", mit einer nach hinten geworfenen Kopfbewegung unterstrich Christine, wen sie meinte, „...sich nach ein paar Streicheleinheiten."

Wir tätschelten und streichelten sachte auf dem glühenden Frauenpo herum. „Sag' mal, Christine...." „Ja?" „Hat dir das wirklich Spaß gemacht?" „Warum glaubt ihr, hab' ich das veranstaltet? Zu Hause bin ich Mitglied in einem Spankingklub. Allerdings soll man es nicht übertreiben, dann verliert's an Erotik. Im Schnitt bin ich einmal im Monat dabei."

„Für mich waren Nadelstreifen immer der perfekte Liebestöter", erklärte ich nach einer Weile. „Dass es einen da drin so aufgeilt, hätte ich nicht für möglich gehalten." „Wie geil denn?" wollte Christine wissen. „Na, ich könnte schon...." Christine wandte uns ihr Gesicht zu. „Ich hatte mich eh' schon gewundert, wann.... Ich meine, ich kenne keinen Mann, der nicht einem appetitlichen Speckhintern ein paar draufgibt und davon keinen Steifen kriegt. Vorn möchte ich euch aber nicht 'reinlassen, obwohl ihr alles gesehen habt. Ziert euch bitte nicht, ins Gebüsch zu wichsen, solange wir unter uns sind. Ich halt' derweil meinen Rock hochgehoben, damit ihr eine schöne Aussicht habt."

Wir rollten gemütlich zum Ausgangspunkt zurück. Der Feierabend nahte und nach und nach ergossen sich erleichterte Menschen über die Wanderwege. Jetzt hätten wir für Christines Dauer-Popoklatsch kein freies Zeitintervall mehr gefunden.

Da wir keine Lust verspürten, uns vor dem Benetzen unserer trockenen Kehlen umzuziehen, setzten wir uns in eine anheimelnde Gaststätte wie wir waren. Auch an der Bluse hatte Christines Schneider gespart, denn aus der Perspektive am Holzkoben rückte ihr beachtlicher Balkon in den Vordergrund. Unverhohlen ruhten Herberts und mein Blick auf der dargebotenen Wölbung. Christine redete den Wirt mit Andi und er sie mit Chrissie an.

„Die Kneipe hier kennst du auch, Christine?" „Das ist so. Und nach einer gewissen Zeit werde ich euch mein letztes Geheimnis offenbaren." Herberts und mein Arm zitterten, wenn wir unsere Humpen hoben, so gespannt waren wir. Noch ein Geheimnis…? Während des dritten begann meine Blase zu drücken. Die der anderen offenbar auch, denn Christine verkündete: „Es ist soweit. Kommt mit." „Wir sollen mit dir aufs Klo…?"

„Ja. Andi hat nämlich gesetzeskonform umgebaut. Ihr wisst, was ich meine?" „So Blitzmerker sind wir nicht." „Naja, es gibt doch so Stellenanzeigen wie ‚Mechatroniker gesucht (m/w/d)'. Wisst ihr, was das ‚d' bedeutet?" „Diverse vielleicht?!" „So ungefähr, denn Transvestiten wäre wahrscheinlich diskriminierend. Marsmenschen wahrscheinlich auch.

Öffentliche Toiletten müssen auch die dritte Abteilung bieten und Restaurants und so weiter nach und nach folgen. Andi hat schon. Kommt mit!"

Wir standen vor dem bewussten Kabinett. „Sollen wir da wirklich zu dritt…?" „Klar; wer soll uns nachweisen, dass wir keine Transvestiten sind?"

„Du bist doch eine richtige Frau?" erkundigte ich mich vorsichtshalber, nachdem wir von der Außenwelt abgeschottet waren. „So wie ihr richtige Männer – hoffe ich wenigstens. Es gibt hier aber 'was, was ich aus Indien und früher aus Frankreich kenne." Christine öffnete eine der Türen und wir sahen lediglich eine in Emaille eingefasste nierenförmige Wanne im Boden mit einem Loch und einer Spülung an ihrem wandseitigen Ende. Erhaben angebrachte Fußabdrücke deuteten an, wie sich der zu positionieren hat, den es drückt.

Christine stellte sich mit ihren high heels darauf und präsentierte sich uns mit mäßig geöffneten Beinen über der Senke. Dann beugte sie leicht ihren Oberkörper. „Du willst doch nicht…?" Wir waren fassungslos. „Doch, genau das." Kaum waren die Worte gesprochen, plätscherte es los. Christine hatte Übung, das war deutlich zu erkennen. Kein Tropfen wagte es, den Weg nach unten über die Innenseiten ihrer Schenkel zu wählen, das überwachten Herbert und ich sorgfältig. Als Christine fertig war, riss sie ein Blatt Papier von der Rolle, hob ihren Rock, tupfte sich unter unseren aufmerksamen Blicken trocken und betätigte die Spülung. Dann schaute sie uns an. „Ich hoffe, ihr habt's genossen. Ist natürlich nur im Minirock ohne 'was drunter aseptisch durchführbar, aber so lauf' ich ja gern 'rum. Im Wald geht's, zu Hause nur in der Dusche und in öffentlichen Toiletten normalerweise gar nicht. Ich hab' das dumme Gefühl, Andi weiß ganz genau, was ich hier treibe." „Ob er eine Kamera installiert hat?" Unwillkürlich sahen wir uns um, entdeckten aber nichts. „Das wäre ein grober und strafbarer Verstoß gegen die Wahrung von Persönlichkeitsrechten. Ich nehme mal zu seinen Gunsten an, dass ihm sowas nicht einfällt. Wenn ich das sicher weiß, lass' ich ihn vielleicht auch mal zugucken.

So, das war mein erwähntes letztes Geheimnis. Ein Stück weiter hinten sind ein paar ganz normale Urinale."

Jetzt erst fiel Herbert und mir ein, dass auch wir dringend mussten.

Lydias Backkurs

„Was hast du heute zum Abendprogramm aus dem Verleih mitgebracht?" fragte ich Lydia. „Etwas Spezielles zum Mitmachen", beschied sie mir. „Wie, zum Mitmachen? Ein Kochkurs?" „Eher ein Backkurs." Sie sah mich an. „Weißt du, ich bin ja ganz zufrieden mit dir, aber ein bisschen mehr Pep könnten wir in die Sache langsam mal 'reinbringen." „In welche Sache?"

Lydia rollte mit den Augen. „Severin, wie alt bist du eigentlich? Hast du nicht den einen oder anderen weitergehenden Wunsch?" Langsam dämmerte mir, welche ‚Sache' Lydia meinte. „Hm. Ganz zufrieden scheinst du also doch nicht mit mir zu sein. Ich dachte immer, ich kriege dich befriedigt. Wo fehlt's dir denn?"

Lydia holte tief Luft. „Am direkten Vollzug nicht. Dreimal pro Übungseinheit und zwischendurch lutschen geht völlig in Ordnung. Ich wünsche es mir nur, wie soll ich sagen, ein wenig härter." „Und das ist auf der DVD drauf?" „Ja. Ich habe mir das Ganze schon einmal angesehen und die Accessoires vorbereitet. Es sind nur zwei." Sie warf einen Seitenblick auf die Leinentasche, die sie neben das Sideboard platziert hatte. „Langsam machst du mich neugierig." „Das ist der Sinn der Sache. Soll ich ihn einschieben? Den Film, meine ich."

Das Programm startete. An einem Schreibtisch saß eine attraktive Frau und blickte dem Zuschauer ins Gesicht. „Das ist doch eine bekannte Nachrichtensprech…." „Psst!"

„Liebe Mädels, hallo Kerls", hub die Frau an, „ich bin Alba und zeige euch in der nächsten halben Stunde, wie ihr durch Spanking ein bisschen Leben in die Bude bringt." Die Frau, die keineswegs Alba hieß, setzte ein bezauberndes Lächeln auf. „Ich versichere euch, vor allem euch, Mädels, dass nichts von dem, was ich euch vorführe, gestellt ist.

Ich hab' die Katze ja schon aus dem Sack gelassen. Spanking, das heißt Schläge auf den Hintern. Klingt nach Schmerzen und zu denen führt es auch. Die Frage ist, wie ihr sie empfindet. Jetzt zu euch, Kerls. Es gibt die Ampelbewertung. Sagt euer Mädel ‚grün', ist alles in Ordnung; kommt ‚gelb', werdet sanfter; heißt es aber ‚rot', hört ihr sofort auf. Das vorweg. Was ich euch vorführe, ist für mich alles ‚grün', aber es sind nicht alle gleich.

Noch etwas vorweg: Das Gesicht meines Folterknechts wird nicht gezeigt, ihr seht ihn maximal bis zum Hals.

Nun ins Eingemachte. Ihr braucht wenige Accessoires. Zunächst einen Kerl, möglichst mit großen Händen. Da habt ihr wahrscheinlich wenig Auswahlmöglichkeiten. Dann eine Ebene zum Draufliegen, ob Pritsche, Couch oder Bett ist egal; einen Schreibtisch oder ein Sideboard in passender Höhe, über das ihr euch bücken könnt; dann einen Stock, ob Kochlöffel, Zeiger für eine powerpoint-Präsentation oder ein Bambusrohr, ist ebenfalls egal; und zum Schluss ein Gummihöschen. Ein sexy Outfit ist selbstverständlich."

Die Sprecherin stand auf und stellte sich mit leicht geöffneten Beinen neben den Schreibtisch. Sie sah in hochhackigen, weißen Stiefeletten und einer knackengen Latexhülle, die wenige Millimeter unter dem Beinansatz endete, mehr als verboten aus. ‚Mörder', wie man im Rheinland zu sagen pflegt. „Ein Spankingrock, wie ich einen anhabe, ist nicht nötig, aber ein knapper Mini wäre gut", erläuterte Alba. Ich hatte bereits vorhin wahrgenommen, dass Lydia ihr Engstes angelegt hatte; nun wusste ich wofür. Allmählich regte sich bei mir ein bestimmter Körperteil.

Lydia stoppte und fror damit die Versuchung auf dem Großbildschirm ein. Ich hielt das für kontraproduktiv, aber soweit hatte sie wohl nicht gedacht. „Dass du mir die DVD nicht heimlich startest und vor ihr wichst", ermahnte sie mich, „wenn du Wallungen kriegst, sag' mir Bescheid; ich helf' dir dann." „Lass' weiterlaufen", erwiderte ich versöhnlich.

„Es gibt fünf Staffeln, die ihr parallel zu meinen Vorführungen absolvieren solltet. Ich lasse es bei zehn Hieben pro Staffel bewenden; wenn ihr mehr wollt, könnt ihr ja den Film anhalten." Alba bewegte sich ein paar Schritte und kniete sich auf das Fußende eines Bettes. Dann legte sie sich auf den Bauch, wobei ihr Schoß über dem des angekündigten Folterknechts zu liegen kam. „Die erste Staffel ist die harmloseste; einfach flache Hand aufs vollbekleidete Gesäß. Ihr werdet sehen, wie schön das auf dem Latex knallt."

Lydia stoppte wieder. „Komm!" Wir platzierten uns auf der Couch wie vorgegeben. Dann tippte sie auf ‚on'. Albas Stimme war wieder zu vernehmen. „Seid ihr soweit? Am besten synchronisieren wir uns. Bei drei geht's los. Eins – zwei – drei – Eins!" Ganz klappte es nicht, ich war einen Wimpernschlag zu langsam. Ab dem dritten Kommando hatte ich den Bogen 'raus und die Hand von Albas Helfer und meine landeten gleichzeitig auf einem der weiblichen Hügel.

Nach zehn robbte sich Alba wieder zum Fußende des Bettes, erhob sich und kehrte dorthin zurück, wo sie ihre Ansprache begonnen hatte. Dann wandte sie sich ans Publikum. „Die zweite Staffel ist wenig anders; flache Hand auf volle Bekleidung, aber über ein Möbel gebückt. Da spannt sich der Rock besser und die Treffer klingen noch intensiver." Sie drehte sich um und drapierte ihren Oberkörper über den Schreibtisch. Der Mann war zu ihr getreten und stellte sich seitlich von ihr auf, damit die Zuschauer die formvollendeten Rundungen vor Augen behielten. Albas Stimme kam nun von weiter her. „Dazu kommt, dass keine Pose geeigneter ist, eure Kerls in den Herzinfarkt zu treiben. Nebenbei wisst ihr jetzt auch, warum es vermöbeln heißt; die Delinquentin bückt sich über ein Möbel."

Längst hatte sich Lydia entsprechend auf dem Sideboard positioniert. Diesmal schaffte ich von Anfang an, im Takt zu bleiben. Dass die zehn Schläge auf Albas Latex erregender als auf Lydias Jeansstoff klatschten, nahm ich mit einem Ohr wahr.

„Ihr braucht euch nicht groß zu verändern", verkündete Alba auf dem Bildschirm, „die dritte Staffel ist ähnlich, nur ohne Oberbekleidung." Der Mann hinter ihr schob ihr Kleid unter einigen Mühen über die Hüfte, denn es saß wie eine Pelle auf Albas Becken. Irgendwann war schließlich der ungestörte Blick auf den Slip erzielt.

In der Realität war Lydia deutlich schneller gewesen. Ihr Höschen strahlte mir bereits erwartungsvoll entgegen. „Halt' mal an, Lydia", bat ich. „Warum? Ich bin empfangsbereit." „Aber ich muss einige Vorsichtsmaßnahmen treffen." Lydia sah mich an und gluckste. Ich entledigte mich meiner Beinkleider, um der Gefahr zu begegnen, dass die Spannung zu einer vorzeitigen Entladung führte. „Fertig?" „Fertig!"

„Wenn der Stoff dünn genug ist", meldete Alba sich wieder, „seht ihr schon ein bisschen rot durchschimmern, Kerls. Wenn nicht, strengt euch mehr an. Wieder auf mein Kommando: Eins – zwei – drei – EINS!" Die Variante ‚Höschen' bietet den Bonus, die Schinken schon ganz schön wackeln zu sehen. Hier waren Lydias im Vorteil. Während Albas straffe sich kaum beeindrucken ließen, wie ich aus dem Augenwinkel erkannte, taten das Lydias deutlich wahrnehmbarer; eine Speckschicht in genau passender Güte hat ihre Reize, wie ich zu meiner Überraschung bei dieser Gelegenheit zum ersten Mal erkannte. Mich wunderte, wie gelassen Lydia ihre Abreibung hinnahm. Soweit ich ihr Gesicht von der Seite sah, hatte sie die Augen geschlossen, ein Lächeln umspielte ihre Mundwinkel und ihrer Kehle entrang sich ein Schnurren. Ich begann zu ahnen, dass ich bisher einiges versäumt hatte.

Alba hatte sich zum zweiten Mal über das Bett und den Schoß ihres Helfers ausgestreckt. „So, Kerls", informierte sie ihre Zuschauer, „ihr habt euch wahrscheinlich schon gefragt, wo er bleibt – der nackte Arsch. Für die vierte Runde Prügel kriegt ihr jetzt meinen zu sehen. Ich ermahne euch an dieser Stelle, dass es der Arsch eures Mädels ist, dem ihr euch zuzuwenden habt. Meiner ist nur eine Art Katalysator. Im Folgenden also Zehn auf den Nackten." Der Gesichtslose fummelte Albas Latex über die Hüfte und ihr Höschen in die Kniekehlen. „Wie bereits gewohnt: Eins –...." Hier erstarrte das Bild, denn Lydia hatte auf den Fernauslöser gedrückt. „Wo bleibst du?" kam es von der Couch. Ich war, wie ich zugeben muss, gebannt vor dem Bildschirm stehengeblieben. Lydia schlug mit der flachen Hand auf das Polster. „Ach so, entschuldige." „Du hast doch gehört: Bewunder' den Arsch deines Mädels, nicht den von Alba."

„... – zwei – drei – EINS" ging es weiter und jetzt fiel es mir nicht schwer, mein Augenmerk auf das zu richten, auf das ich es richten sollte. Wie Albas waren auch Lydias zwei Backen ganz schön gerötet und färbten sich unter der Massage schnell dunkler. Lydia schnurrte nun wirklich wie ein Kätzchen, obwohl ich alles andere als schüchtern zulangte. Schon längst hatte ich erkannt, dass ich ihr einen Gefallen tat. Das wichtigste Problem hatte sich zu mir verlagert, hatte sich doch ein ganz schöner Ständer entwickelt, der jederzeit zu explodieren drohte. Ich half mir, indem ich mich ausschließlich auf die Zielfläche konzentrierte.

„So, Mädels", ertönte Albas Stimme, „ich hoffe, bis jetzt ist bei euch alles grün. Wer von euch schon bei gelb ist, der empfehle ich, auf die letzte Staffel zu verzichten. Bei der geht's nämlich richtig hart zur Sache: Stock auf Gummihöschen. Ihr wisst, dass das Material die Wirkung verstärkt." Lydia stoppte. „Warte, ich bereite mich gerade vor." Sie kramte in ihrer Leinentasche und holte ein dünnes Bambusrohr und ein schwarzes Etwas hervor. Es handelte sich um die geforderten Accessoires. „Seit wann hast du das denn?" „Schon lange." „Aber..., aber davon weiß ich nichts." „Natürlich nicht, ich binde dir ja nicht alles auf die Nase. Nimm' endlich das Werkzeug." Damit übergab sie mir das Zuchtgerät. Als sie über das Sideboard gebückt auf ihre Zuwendungen wartete, brachte ich mir zu verkneifen nicht fertig, das Material abzutasten. Gummi, wahrhaftig. „Sag' mal, Lydia...." „Ja?" „Willst du dir das wirklich antun? Selbst wenn ich mich zurückhalte, wird es sehr wehtun." „Untersteh' dich, dich zurückzuhalten. Höre, was Alba sagt."

„Kerls", fuhr diese fort, „wenn euch das selbst zu weh tut, spricht das für euch. Dann lasst es von euch aus bitte bleiben. Wenn euer Mädel aber danach verlangt, macht's richtig." Alba hatte mittlerweile ein ähnliches schwarzes Ding übergezogen wie Lydia und bückte sich wieder über den Schreibtisch. Der Gesichtslose stand erneut daneben mit einem Stock in der Hand ähnlich dem, den auch meine umklammerte." „Lydia...?" „Jetzt kack' mir nicht ab! Grün! Der Kamerad dahinten bettelt schon, hörst du ihn nicht?"

Die Hiebe sausten und pfiffen. Jetzt ballte Lydia die Fäuste und zuckte merklich. Beim vierten oder fünften biss sie sich in den Handballen. Sie hatte es so gewollt! Auch Albas „...SECHS – SIEBEN – klang nicht mehr so kräftig und selbstbewusst wie bisher, sondern abgehackt und zittrig.

Dann war es vorbei. „Gelb", keuchte Lydia. Die Kamera schwenkte auf Albas Gesicht. Sie begann ihre Beherrschung wiederzugewinnen, aber die Schweißperlen auf ihrer Stirn sahen nicht geschminkt aus. „Das war's, liebe Spankingfreunde. Ich hoffe, ich konnte euch einige Anregungen geben. Die Kamera wird für einige Sekunden auf meine verwüstete Kehrseite schwenken, die mein Assistent wieder freigelegt hat. Aber, Kerls: Die Einstellung ist nur für die einsamen Herzen, die sich gern noch einen wichsen möchten. Euch anderen fordere ich auf, schleunigst abzuschalten, eure Partnerin zu schnappen und ihr einen tollen Fick 'reinzuorgeln. Ihr werdet sehen, dass es nichts heißeres gibt als eure Lenden gegen einen Ofen aus Frauenfleisch zu drücken. Tschüss."

Zu meinem Bedauern schaltete Lydia tatsächlich sofort ab. „Den Ofen aus Frauenfleisch hast du auch hier", orientierte sie mich, „und du hast gehört, was Alba dir aufgetragen hat." Auch Lydia hatte sich ihres Gummihöschens entledigt und erwartete meinen Ständer mit gespreizten Beinen. Sollte ich mich einer Gehorsamsverweigerung schuldig machen?

Alba hatte recht gehabt: Der ‚Ofen' melkte mich dermaßen, dass meine Vorräte gar nicht mehr enden wollten. Auch Lydia schien ihren Spaß zu haben, denn sie ruckelte, stöhnte und jauchzte, wie ich es vorher bei ihr nie erlebt hatte. Erschöpft zog ich nach einer gefühlten Ewigkeit meinen nunmehrigen Schlaffi aus ihrer Öffnung und schnaufte; sie tat desgleichen.

„Den Parkettboden wischen wir nachher ab", bestimmte Lydia. „Wollen wir uns nicht setzen?" fragte ich. „Das möchte ich vorerst nicht." „Ach so, stimmt! Darf ich mal sehen?"

Ich schaute mir die ‚Verwüstungen' an. Glühend heiß, voller Striemen und dunkelrosa kam mir die Vorstellung absurd vor, dass das angenehm sei. Ich befragte Lydia dementsprechend und dazu, ob wir uns bisher entscheidend missverstanden hätten.

„Zum Ersten: Hinten brennt's zwar höllisch, aber mein Lustzentrum vorn ist mit unglaublich wohliger Wärme erfüllt. Die kleinste Stimulation genügt für einen weiteren Orgasmus." „Auf mich kannst du vorerst leider nicht bauen, Lydia; mach's dir selber schön, wenn's dir gerade passt. Ich guck' dir gern zu." „Danke."

Lydia holte ihren Dildo, kniete vor der Couch und fuhrwerkte noch eine ganze Weile lang zwischen ihren Schenkeln herum, bis ihr Verlangen endlich gestillt zu sein schien. Allmählich wurde ihre Sitzfläche wieder zu dem Zweck nutzbar, zu dem die Biologie sie vorgesehen hatte.

„Zum Zweiten, Severin: Nicht wir haben uns missverstanden, sondern du mich. Du konntest ja aus meiner Aussage, dass ich Gummihöschen und Rohrstock schon lange habe, schließen, dass ich mich schon länger mit Spanking beschäftige. Es gelang mir allerdings nicht, mir mit dem Bambus selbst so intensive Schmerzen zuzufügen, wie ich sie gern gehabt hätte. Irgendwann musste ich also dich mit Klartext überrumpeln."

„Du hast mich ganz schön schockiert, obwohl über die DVD alles so schnell ging, dass ich gar nicht zum Nachdenken kam. Reflexartig haut ein Mann einer Frau gern auf den Po." „Warum hast du's dann nie getan?" „Ich..., ich hab' mich nie getraut."

Lydia lachte laut auf. „Siehst du, darin lag dein Missverständnis. Ich nehme an, dass es dir gefallen hat?!" „Hat es, aber nur bis Staffel vier. Können wir uns auf einen Modus einigen?" „Welchen?" „Flache Hand auf den Nackten nach Herzenslust und deiner Anweisung, aber ohne Instrumente. Einverstanden?" „Eine Erweiterung bedinge ich mir aus." „Welche?" „Mein Gummihöschen möchte weiterhin mit mir drin ausgeklopft werden. Auch ohne Stock zieht's schön. Einverstanden?" „Einverstanden!" „Give me five!" Unsere Handflächen klatschten aneinander. –

Um unsere Starsprecherin Johanna zu halten, hat der Privatsender, in dem ich als Redakteur arbeite, tief in die Tasche greifen müssen. Sie spricht nämlich mehrere Sprachen, verhaspelt sich praktisch nie, hat eine präzise, bestens verständliche Modulation und sieht gut aus – auch wenn sie das zu verbergen versucht. Da sie stehend moderiert und sich dem Zuschauer in voller Größe zeigt, ist sie ohnehin zu geschäftsmäßigem Auftreten gezwungen. Anders als in weiten, gebügelten Hosenanzüge und bestenfalls Schlabberlook zu betriebsinternen Anlässen hat sie bisher niemand zu Gesicht bekommen.

Man sollte meinen, dass unsere weitgehend männlichen Ton- und Lichttechniker, Redakteure, Korrespondenten und Disponenten auf so ein Wesen heiß wären. Dem ist aber nicht so. Johanna wirkt zu routiniert, roboterhaft und reserviert, als dass da Emotionen durchbrächen. Zwänge mich jemand, es auf den Punkt zu bringen, stünde die Analyse fest: Wir Männer haben Angst vor so einer perfekten Medienmaschine. Soweit ich das zu beurteilen vermag, punktet sie bei ihren Kolleginnen allerdings auch nicht; da sich ihr alle unterlegen fühlen, meiden diese ihre Nähe. Johanna steht meistens allein in der Cafeteria herum.

So auch jetzt wieder. Die Mittagsnachrichten hatte sie souverän wie immer gemeistert und ölte sich im Anschluss mit einem Tee die Stimmbänder. Wahrscheinlich gilt Kaffee für sie bereits als Suchtgetränk. Diesmal gesellte ich mich ihr zu. Sie schaute mich erstaunt an. „Ich darf doch?" „Sicher; ich habe den Tisch nicht gepachtet." Eine Antwort, die empfindlichere Zeitgenossen als überheblich werten würden. „Danke, Alba."

Augenblicklich ging Johannas Gesicht in Flammen auf. „Scheiße." Zum ersten Mal, seit ich sie kenne, war ihr dieses Wort entschlüpft. Einige Sekunden hörte sie auf zu atmen, bevor sie sich leicht entspannte und mehr zu sich als zu mir sagte: „Naja, über kurz oder lang musste es ja passieren." Sie sah mich herausfordernd an. „Was machst du jetzt mit deinem Wissen? Zum Programmdirektor rennen und erzählen, was für eine Nutte ich bin?" Es befanden sich einige weitere Personen im Raum, aber außer Hörweite. Allenfalls Johannas ungewöhnlicher Taint hätte jemandem auffallen können.

„Quatsch", beruhigte ich sie, „außerdem liegt der Umkehrschluss nahe, dass ich deinen Film konsumiert habe. Das verhindert die Rolle des Moralapostels für mich nachhaltig. Ich werde nicht versuchen, mich zu rechtfertigen. Ich erwarte das auch von dir nicht." „Und was bezweckst du mit deinem Outing?" „Reine Neugierde. Du weißt wahrscheinlich, was für einen Ruf du hier hast. Auf der DVD bist du das glatte Gegenteil. Solche Persönlichkeiten interessieren mich. Ich werde mich hüten, in deiner Privatsphäre herumzuschnüffeln. Aber eins verrätst du mir vielleicht freiwillig: Welche Person bist du wirklich?"

Johannas Gesicht nahm allmählich seine normale Farbe an. Sie hatte sich beruhigt. Eine Weile schwieg sie. Dann sagte sie: „Das weiß ich nicht so genau. Ich fing als ziemlich Wilde an, wurde aber immer ausgelacht und ausgenutzt und merkte plötzlich, dass ich als Kühle deutlich mehr Achtung erntete. Ich hatte mich gehen lassen und mit Müh' und Not die Hauptschule geschafft. Dann bekam ich die Chance, eine zehnte Aufbauklasse zu besuchen und ergriff sie. Ich wurde immer besser und schaffte plötzlich Abitur und Studium mühelos. Ich weiß, dass ich als arrogant verschrieen bin, aber der Panzer verhilft mir zu Distanz und Respekt. Bei meinem Job ist das nötig.

Nur richtig glücklich bin ich nicht. Die Männer trauen sich auch nicht an mich 'ran. Dann kam dieses Angebot.... Hast du die DVD ausfindig gemacht oder deine Freundin?"

Jetzt hatte Johanna mich in die Defensive gedrängt. „Das kannst du glauben oder nicht, aber Lydia war's – meine Freundin also." „Warum sollte ich das nicht glauben?" „Weil's meistens die Männer sind, denen die Hand ausrutscht und die das mit dem schönen Wort Spanking rechtfertigen." „Da verwechselst du 'was. ‚Hand ausrutschen' ist prügeln, häusliche Gewalt. Spanking ist freiwillig, und zwar immer von Seiten des Delinquenten oder der Delinquentin. Du hast hoffentlich verinnerlicht, dass Alba immer wieder ermahnt, nicht zu weit zu gehen." Ich nickte. „Ich gehe davon aus, Severin, dass Lydia mal einen oder mehrere hinten drauf wollte." „Hm, ja." „Siehst du. Einigen wir uns so: Die Sache bleibt unter uns und bei gewissen Praktiken hat keiner in Zukunft mehr ein schlechtes Gewissen. Einverstanden?" „Einverstanden." „Give me five." Als sich Johannas und meine rechte Handfläche lautstark trafen, erregten wir mehr Aufsehen als wir beabsichtigt hatten. Noch mehr Aufsehen erregte, dass Johanna grinste.

Ramona im Glashaus

Mein freiwilliges soziales Jahr stellte ich mir in der Natur vor, keinesfalls in irgendeinem Altersheim oder Krankenhaus. Mit viel Fantasie wurde meinem Wusch entsprochen, denn ich landete zwischen Pflanzen. Ob sich Gewächshausgemüse als Natur im eigentlichen Sinn definieren lässt, darüber kann man geteilter Meinung sein.

Einen Vorteil hatte das Ganze: Während Wildhüter, die Regen und Sturm nicht davor bewahrt, sich draußen aufzuhalten, sich beinahe ausschließlich aus Männern rekrutieren, scheint das in der geschützten Treibhausatmosphäre anders zu sein; in meinen Kulturen trieben sich sogar ausschließlich Frauen herum, von der Chefin bis zum jüngsten Lehrling.

Almut, etwa in Mittellage, was ihre Erfahrung betrifft, war zu meiner Einweisung abgestellt. Sie zeigte mir, welche Gemüsesorten es feucht, welche es trocken, welche es warm und welche es kühl lieben. Folglich wechselte in den ersten Tagen ständig das Klima, in dem ich mich bewegte.

„Später, wenn du einen eigenen Aufgabenbereich hast, wirst du dich den ganzen Tag in derselben Zone aufhalten; im Augenblick droht allerdings Erkältung, vor allem, wenn du geradewegs vom Tropenhaus zum Salat wechselst, der relativ kühl gehalten wird", erklärte Almut mir, „halte also immer eine Jacke griffbereit."

„Warum werden eigentlich Gewächse wie Salat und Gurken unter Glas gezüchtet?" fragte ich. „Die gedeihen in unseren Breitengraden doch von selbst. Bei Orangen und Datteln ist das natürlich etwas anderes." „Weil's effizienter ist. Die riesigen landwirtschaftlich genutzten Areale werden mittlerweile als unökologisch betrachtet. Dazu geben immer mehr Bauern ihre Höfe auf, weil sie unter dem Preisdruck zusammenbrechen." „Läuft das nicht dem Wunsch entgegen, biologisch und natürlich anzubauen?" „An sich ja, aber den Verbraucher interessiert's nicht; einerseits wird von allen Seiten deine gerade genannte Meinung geteilt, aber sobald eine Tomate irgendwo einen Cent billiger ist, stürzen sich die Leute sofort darauf. Und die Politik widerspricht sich selbst genauso: Zum Öko-Anbau bedarf es umfangreichen Ackerlands, das zu verringern im selben Atemzug mit der Begründung des Flächenraubbaus und der ungesunden Monokultur gefordert wird."

Ich gewann an Routine. Almut leitete mich diese Woche zum letzten Mal an, bevor ich ab der nächsten mein eigenes Aufgabengebiet zugeteilt erhalten sollte. Almut ist vermutlich recht hübsch, aber das schlug in der in dieser Umgebung üblichen Dienstkleidung, die aus dunkelgrüner Latzhose und Holzfällerhemd besteht, nicht recht durch. Mit ein bisschen Fantasie waren ihre beiden Wölbungen, die eine vorn oben und die andere hinten in der Mitte, zu erahnen. Die hatte ich wohlweislich in Ruhe gelassen, aber ab und zu meine Hand auf ihre Taille zu legen hatte ich mir herausgenommen.

„Pass auf, da vorn ist eine Kamera", warnte Almut mich, wenn ich den falschen Ort gewählt hatte. „Lass' uns in den nächsten Querweg einbiegen, da ist eine längere Stecke sauber."

Je länger ich mit ihr zusammen war, desto mehr reizte mich ihr Po, der recht auffällig den Leinenstoff spannte. Ich hatte das Gefühl, dass Almut sehr wohl auffiel, wenn mein Blick darauf fiel. Ich dachte nach. Gekündigt werden konnte ich nicht, da ich nicht angestellt war. Dass Almut mich anzeigen würde, betrachtete ich als unwahrscheinlich. Allenfalls eine Ohrfeige riskierte ich, aber die war es wert.

Inzwischen kannte auch ich die unüberwachten Bereiche. Eigentlich arbeiteten wir für uns und trafen uns nur für eine Pause. Es existierte eine Cafeteria, aber überall verteilt standen auch Küchenstühle, auf denen den Mitarbeiterinnen sich kurz auszuruhen gestattet war.

Almut und ich hatten vor einiger Zeit zwei davon zusammengeschoben und darauf geachtet, dass sie in einem toten Winkel standen, damit nicht jeder im Büro zu verfolgen eingeladen wurde, wie wir verhalten miteinander schmusten. Weiter durften wir nicht gehen, denn wir mussten ja jederzeit einsatzbereit bleiben – einsatzbereit, uns um die Kulturen zu kümmern, meine ich.

Statt sich zu setzen, kniete sich Almut auf die Sitzfläche, der Lehne zugewandt, und stützte sich mit gestreckten Armen auf ihr ab. Mir war klar, dass sie mir damit Gelegenheit für das bot, was ich schon lange vorhatte. Nachdem ich weit ausgeholt hatte, landete meine flache Hand mit einem vernehmbaren Knall auf ihrer Kehrseite. „He!" Der Ruf war keiner Empörung geschuldet, sondern der Tatsache, dass sie nach dem Gesetz der Impulserhaltung mitsamt Stuhl nach vorn zu kippen drohte. Schnell fing ich das Ensemble auf und hatte unversehens die ganze Almut schützend umarmt.

Ich stellte alles wieder in die Senkrechte. „Das ist, glaube ich, ein wenig wacklig", urteilte ich und ließ Almut los, so leid es mir tat. „Hm, wie sonst?" Mir war klar, wie sie das meinte. Von einer drohenden Anzeige oder Ohrfeige keine Spur. „Ich setz' mich mal hin. Mal sehen, was uns einfällt." „Mir, meinst du."

Ich machte meine Ankündigung wahr und Almut stellte sich auf der richtigen Seite neben meinem Oberschenkel auf. Sie hatte sich gleich am ersten Tag darüber amüsiert, dass ich Linkshänder bin, und glucksend beobachtet, wie wir deshalb verschiedene Handhabungen unter verschiedenen Körperhaltungen verrichteten.

Almut beugte sich über meinen Schoß, stützte ihre Arme am Boden auf der rechten Seite des Bodens ab und bildete ein perfektes umgedrehtes U. Ich drückte meine rechte Hand auf ihren Rücken, um ihre Position zu stabilisieren. „Wie viele?" „Mach' mal 20 für den Anfang."

Normalerweise befindet sich nur eine Aufsichtsperson oder -gruppe in einem Gewächshaus, sodass nicht zu befürchten war, dass uns jemand hörte. Meine Schläge klatschten lustig wechselweise auf beide Backen und Almut kiekste und schnurrte gleichzeitig dazu.

Nach dem Spanking erhob sie sich, rieb ein wenig an ihrem Allerwertesten herum und strahlte mich an. „Danke. Das hätten wir früher überlegen sollen; jetzt haben wir noch zwei Tage für eine Wiederholung." „Besser als nichts." –

Ab der nächsten Woche war ich allein für die Gurken verantwortlich, denn ich galt als ausgelernt. Wehmütig dachte ich an meine Zusammenarbeit mit Almut, vor allem an die dabei angefallenen außerdienstlichen Nebenvergnügungen. In der Erntezeit würden mehrere Gärtnerinnen zusammenarbeiten, aber deutlich mehr als zwei, sodass die gegenseitige Überwachung jegliche Kapriolen während der Pausen ausschloss.

Am Mittwoch piepste mein Mobiltelefon. Ramona, die Chefin über die ganzen Plantagen war dran. „Kommst du bitte ins Büro, Martin?" „Sofort." Was wollte sie von mir? Ramona arbeitet gern und fleißig mit, sofern ihre administrative Tätigkeit ihr dazu Zeit lässt. Seit sie mich begrüßt, mit Almut bekannt gemacht und uns zu unserer Arbeit entlassen hatte, hatte ich sie nicht mehr gesehen.

Das Hauptquartier ist kein Glaspavillon, sondern eine hässliche Eternitbaracke mit einem indiskutablen Raumklima.

„Was denkst du, will ich von dir?" fragte Ramona mich. Mit keinem Gedanken dachte ich an Almuts und meine Spielchen während der letzten Wochen. Folglich schüttelte ich den Kopf. „Dann setz' dich neben mich, ich zeig' dir 'was."

Zu meinem Entsetzen sah ich auf Ramonas Notebook, wie Almut und ich innig ineinander verschlungen unsere Gesichter per Mund ausmaßen – vor allem die Szenen

Mund auf Mund erstreckten sich über einen beeindrucken-
den Zeitraum. „Das wäre kein Drama, obwohl ihr eigentlich
'was arbeiten solltet. Aber jetzt schau weiter!" Ich brauchte
gar nicht zu schauen; es war klar, dass auch aufgezeich-
net war, wie ich Almuts Latzhose mit ihr drin ausklopfte.

„Was hast du zu deiner Entschuldigung zu sagen?" Dass
ich einen flammroten Schädel hatte, spürte ich deutlich.
Ich brachte kein Wort hervor. „Ich höre." Da stieß ich
krächzend hervor: „Ich habe keine." Schien es nur, oder
wurde Ramonas Miene tatsächlich weicher? „Es gibt auch
keine", teilte sie mir mit, „die einzigen mildernden Umstände, die ich dir zubillige, ist, dass du Almut offenbar keine
Gewalt angetan hast. Wenn ich ihren Gesichtsausdruck
richtig interpretiere, machte ihr das großen Spaß." „Danke.
Schmeißt du mich 'raus?" Meine Stimme hatte eine einigermaßen gefasste Tonlage wiedergefunden. „So siehst
du aus. Nächste Woche ist Ernte, da brauchen wir jeden
Arm und jeden starken erst recht. Nein, die Konsequenz
ziehe ich nicht. Aber Sühne muss sein."

Ich sah sie neugierig an. „Almut, komm' raus!" Die
Toilettentür öffnete sich und die Gerufene trat in das Büro.
Die Farbe ihrer Wangen glich der, die ich auch auf meinen
vermutete. Ramona stand auf. „So, ihr Früchtchen, jetzt
begeben wir uns gemeinsam zum Tatort."

Als ich die Chefin neben mir hergehen sah, fand ich sie zu
taxieren zum ersten Mal Gelegenheit. Ich schätze sie auf
Anfang 40. Sie verdient das Prädikat ‚herbe Schönheit'.
Lang aufgeschossen, schlank bis zur Drahtigkeit, aber
nicht dünn, ist es ihr Gang, der meine Hormone aufrührte.
Wie die Frau es schafft, gleichzeitig elegant und doch fest
auszuschreiten, ohne männlich zu wirken, wird mir ewig
ein Rätsel bleiben. Ich hatte die Peinlichkeit dessen, was
uns an unseren – Almuts und meinen – bisherigen Arbeitsplatz führte, fast verdrängt, als wir ankamen. Die Stühle
standen seit voriger Woche unberührt da.

Ramona ging ein Stück weiter, griff zwischen zwei Zweige
eines Dekorstrauchs und betätigte einen Schalter – den

der Kamera, die Almut und mir entgangen war. „So, jetzt sind wir wirklich unter uns", sagte sie, uns zugewandt. Dann sah sie Almut scharf an. „Was denkst du, Liebchen, was jetzt passiert?" „Ich…, ich weiß nicht", kam es kläglich zurück. „Na, dann zeig' ich's dir." Mit diesen Worten setzte sich Ramona auf den der beiden Stühle, den auch Almut und ich vorige Woche benutzt hatten, und klopfte sich auf den Schenkel. „Na komm'!" Almut verstand. „Ich bin übrigens Rechtshänderin", informierte Ramona, „und glaub' nicht, dass du mit 20 davonkommst. 50 betrachte ich als angemessen."

Gehorsam baute sich Almut zunächst rechts von ihrer Chefin auf und bildete dann das bekannte umgedrehte U, nur anders herum. Während die Schläge von Frau zu Frau prasselten, schwante mir, worin die Sühne für mich bestehen würde. Naja, dachte ich, wenn's dann vergessen ist.…

Als Almut aufstand, sah ich Schweißtropfen auf ihrer Stirn. Sie rieb sich sehr intensiv ihren Po. „Eigentlich hätte ich von dir verlangen sollen, dass du bei jeder Liebkosung danke sagst", klärte Ramona ihre Mitarbeiterin auf, „aber das hätte zu lange gedauert. Soviel Zeit haben wir nicht. Jetzt du, Martin."

Ich stellte mich neben Ramona, aber zu meiner Verblüffung erhob sie sich. „So siehst du aus", beschied sie mir zum zweiten Mal, „du setzt dich hin!" Ich war so überrumpelt, dass ich mehr hinplumpste als mich setzte. Ehe ich mich versah, bildete Ramona ihr umgedrehtes U über meinem Schoß. „Meinst du, nur Almut darf kräftige, junge Männerhände spüren? Leg' los, aber richtig; auch 50."

Zunächst hatte ich ernsthafte Hemmungen, aber nach Ramonas zweiter Aufforderung: „Fester!" ließ ich alle fahren und haute drauf, dass mich bald die Hand schmerzte. Ramona kiekste im Rhythmus meiner Treffer und begann zu stöhnen. Dann bäumte sie sich auf, dass ich erschrocken innehielt. „Weiter, weiter!" kommandierte sie und ich gehorchte, ein weiteres Mal erschrocken. „Stakkato!" Im Sekundentakt knallte es. Ramonas Geschrei ging in Gelächter über, das meine Anstrengungen mühelos übertönte. Dann beruhigten sich ihre Stimmbänder und sie begann keuchend zu atmen. Ich merkte, dass Ramona ‚durch' war und beendete die Züchtigung. Ich streichelte einige Male ihre Rundungen, bevor ich die Arme hob, um sie freizugeben. „Entschuldige, das waren weitaus mehr als 50, aber du…" „…ich wollte es nicht anders, schon recht. Siehst du, Liebchen, was man da alles draus machen kann?" Das war an Almut gerichtet. An mich ging die Frage: „Warum stehst du nicht auf?" „Das…, das bringe ich noch nicht, ohne dass 'was passiert." Ramona grinste. „Das hab' ich auch gespürt, trotz aller Konzentration auf meine eigenen Belange. Na, dann kühl' dich ab."

Almut sah ihre Chefin sehr nachdenklich an. „Ich finde, wir sollten Martin belohnen, soweit das im hiesigen Rahmen möglich ist", schlug diese vor. „Geht's wieder, Martin?" „Äh, ja." Mir wurde ganz heiß. „Hast du dir je gewünscht, beide Wangen gleichzeitig an zwei verschiedene weibliche zu schmiegen und an ihnen zu reiben?" „Naja, schon, aber das ist wohl ein bisschen viel verlangt." „Almut, sollen wir?"

Almut war wieder von der Devoten zur selbstbewussten Mitarbeiterin herangewachsen und stimmte beinahe begeistert zu.

Ramona und ich bückten uns, bis wir Almuts Kopfhöhe erreicht hatten. Ich spürte Almuts rechte Wange an meiner rechten und Ramonas linke an meiner linken. Gleichzeitig fasste ich mit der rechten Hand Almuts linke Wange und mit der linken Ramonas rechte. Dann rieben und streichelten wir uns eine Weile, bis alle sechs wohlig warm waren. Erregend, wie auffällig sich Almuts zarten, pausbäckigen von Ramonas großflächigen, deutlich raueren unterschieden. „So, noch einen Kuss für jede und dann zurück aufe Maloche!" Ich drückte beiden einen Innigen auf ihre Münder. Trotz ausgebliebenen Abgangs war das das schönste Erlebnis, das ich je mit Frauen erleben durfte.

Ramona reaktivierte die Kamera und drei dunkelgrüne Segeltuch-Latzhosen begaben sich zurück an ihre Arbeitsplätze. –

Weiter geschah während meines sozialen Jahres nichts Bemerkenswertes. Wenn Ramona, Almut und ich uns zufällig über den Weg liefen, lächelten wir uns wissend an. Nun ist es längst vorüber und ich studiere in einer entfernten Stadt. Manchmal denke ich an die beiden Frauen zurück und frage mich, was sie wohl aus der Erfahrung des damaligen ‚Sühnetags' für ihre persönliche Entwicklung gemacht haben mochten.

Denises Traum

Da ich montags bis freitags um fünf Uhr aufstehe, ist für mich ab zehn Uhr abends Nachtruhe angesagt. Ein Problem ist das Wochenende. Da muss ich den Schlafrhythmus ändern, sonst bin ich auch samstags und sonntags um fünf Uhr morgens wach. So zwinge ich mich, freitags und samstags wenigstens bis Mitternacht in der Senkrechten durchzuhalten.

Endlich war es geschafft. Ich wickelte mich in meine Decke und versuchte einzuschlafen. Das fällt mir an sich nicht schwer; allerdings betreibe ich parallel einen Langzeitversuch, nämlich den Zeitpunkt des Wegdämmerns in eine andere Welt exakt zu bestimmen. Bisher ist mir das nicht gelungen.

Meine Tricks sind einfach und haben durchaus Ähnlichkeit mit Schafe zählen. Entweder stelle ich mir vor, warum ich wieder einmal einen Typ abweise, oder beschäftige mich mit etwas Schönem, einem Waldspaziergang etwa. Der, in dem ich mich im Augenblick befand, war genau genügend dicht, um ein Wald zu sein, und licht genug, um keine Angst einzujagen.

Denise. Die Stimme, eine sonore männliche, war von überallher gekommen. Erschrocken sah ich mich um, fand mich aber allein. Eine Stimme aus dem nichts oder… – von oben? Sollte das etwa…?

Keine Angst oder Ehrfurcht. Ich bin deine Fantasie und möchte dir heute helfen, alle Träume zu verwirklichen. Schau' dich an und einmal um.

„Ich bin im Wald wie sooft. Allerdings ist es komisch, das ich im Nachthemd hier drin stehe." Ich stellte erstaunt fest, dass ich nicht nur im Nachthemd im Wald stand, sondern auch barfuß, ohne dass ich Pieksen oder Ähnliches verspürte. Ich begann forschen Schritts loszumarschieren und stellte noch erstaunter fest, dass ich mir selbst dabei zuschaute.

Und, wie findest du dich? Wegen meiner weißen, wenig zarten Haut, dem zu kleinen Busen, den zu kurzen und kräftigen Schenkeln und dem zu voluminösen Hintern hadere ich zeit meines Lebens mit mir selber. Wenn ich mich jetzt allerdings in dem beinahe durchsichtigen Nichts betrachtete, das mir bis etwa zur Mitte der Oberschenkel reichte und beim Gehen schön wedelte, vermochte ich den Anblick als sexy zu empfinden.

Na siehst du; der Anfang ist gemacht. Jetzt kommt etwas, das du dir schon lange wünschst. Bevor ich nachzufragen Gelegenheit fand, verspürte ich einen schmerzhaften Klaps auf meinen Dicken. Ich sagte „boah!" und verlangsamte meine Geschwindigkeit.

Geh' ruhig weiter. Möchtest du mehr? „Gern." Es spielte sich ein, dass ich alle drei Schritte einen empfing, wechselweise auf die linke und rechte Backe. Die beiden wurden allmählich warm.

Da erblickte ich einen Stapel gefällter Bäume am Wegesrand. Er war hoch genug, dass mein Oberkörper beinahe eine Waagerechte bildete, wenn ich mich davor bückte und mich auf dem viertuntersten Stamm abstützte. Ich stellte fest, dass das sehr einladend aussah. „Fantasie?" *Ja?* „Ich darf doch in meinem eigenen Traum bestimmen, wie's weitergeht?" *Selbstverständlich.* „Dann versohl' mir bitte richtig den Hintern."

Bei jedem Schlag bewegte sich der Stoff, als wäre er wirklich getroffen, obwohl keine Hand zu sehen war. Ich war mir nicht sicher, ob ich die Denise war, die über dem Holzstoß gebückt verharrte und kräftig vermöbelt wurde oder die, die daneben stand und sich alles aus verschiedenen Perspektiven anschaute. Sicher war ich mir allerdings, dass ich die Schläge eindrücklich spürte. Langsam brannte es richtig. „Hörst du bitte auf?" Sofort kehrte Ruhe ein und Holzstoß-Denise versuchte, ihres heftigen Atems Herr zu werden, während die äußere Denise entgegen ihrer ursprünglichen Absicht darauf verzichtete, das Hemd hochzuheben. Durch die dünne Gaze war deutlich eine intensive Rötung erkennbar.

Ich sah hoch. Der Wald war verschwunden und ich stand vor einer rosafarbenen Wand. „Was ist das?" *Schau' mal hoch.* Ich sah zwei Handschellen über mir und mich darin gefangen. Die Geräte streckten meine Gelenke und ich sah meine Rückseite sich der feindlichen Welt präsentieren. Auch meine Fesseln waren von Eisen umklammert, die meine Beine in leicht gespreizte Stellung zwangen. Wieder fühlte ich mich sowohl als Gefesselte als auch als Zuschauerin, die aber das Empfinden ihres alter ego teilte.

„Komisch, es fühlt sich gar nicht so unbequem an." *Das sind ja nur die Accessoires; du willst doch etwas völlig anderes.* Tatsächlich traten von beiden Seiten Männer an mich heran, die seltsam verschwommen und irreal wirkten. Dennoch handelte es sich um die ersten Personen, die außer mir selbst während des seltsamen Erlebnisses auf den Plan traten.

Ich sah, dass sie Ledergürtel in den Händen hielten. „Jetzt hart?" *Das ist dein Wunsch.* Bevor die Riemen auf meine Kehrseite einzuprasseln begannen, stellte ich verblüfft fest, dass die Spuren meiner vorigen Abreibung vollständig verschwunden waren. Außerdem, dass ich plötzlich splitternackt war.

Ich stieß gellende Schreie aus, die in der unwirklichen Umgebung niemand hörte. Es zog höllisch und die Qual überstieg jede, die ich mir bisher bereitet hatte. Ich genoss dennoch, derart geschlagen zu werden. Als Zuschauerin sah und fühlte ich gebannt die Striemen auf meinem Po entstehen. Kurz bevor es wirklich blutig wurde, rief ich: „Schluss!"

Augenblicklich war ich allein und saß auf einem moosüberwachsenen Findling im Wald, ganz nah dem Holzstoß von vorhin. Ich wunderte mich, dass ich ohne weiteres sitzen konnte. *Das ist der Vorteil der Fantasie; du fängst jedes Mal von vorn an.*

Ich erhob mich. „Und jetzt?" *Magst du Sex dabei?* „Gern."

Mein Oberkörper lag auf einem Bock, ähnlich dem Pferd beim Hallenturnen, nur ohne Griffe. Die Arme hingen links und rechts herunter. Meine Oberschenkel waren an das Gerät gepresst und Kniee und Unterschenkel ruhten auf einer Unterlage in genau passender Höhe. „Komisch, dass mir das nicht unbequem vorkommt." *Weil's darum nicht geht.*

Drei Kraftprotze traten an mich heran und begannen mit ihren Händen vergnügt meine Pobacken zu bearbeiten. Es klatschte herrlich und brannte wunderschön flächig. „Jetzt tu' die Beine 'runter und mach' sie breit!" befahl mir einer von ihnen.

Ich stellte fest, dass die Höhe genau für ihre Schwänze passte, die sie mir alle drei nacheinander 'reinrammten. Ein wohliges Gefühl übermannte mich und ich schnurrte. „Mehr!" bettelte ich. Wieder befand ich mich seitlich neben mir und sah zu, wie ich gebumst wurde. Ich war erregt, brauchte mir aber keinen selber 'runterzuholen, denn ich verspürte Hartes und Langes als Stehende genauso in meiner Grotte wie als Liegende.

Insgesamt waren mir drei Runden Prügel und Ficken vergönnt. Dann löste die Szenerie sich in Luft auf und ich saß wieder auf dem moosüberwachsenen Findling, diesmal in einen knackengen Lendenschurz aus Latex gezwängt. Oben herum zeigte ich der Welt, die zu existieren sich sehr zurückhielt, meinen unverhüllten Balkon. *Zeit, Nutte zu spielen. Das Ding, das du anhast, nennt sich Spanking-rock.*

Als ich aufstand, hätte ich mir beinahe den Knöchel verknackst, denn ich trug hochhackige Stiefeletten, die ich zunächst nicht wahrgenommen hatte. Ich war gespannt, was nun kam. Ein Mann stand schräg hinter mir, mit einem Plastikteil ähnlich einer Fliegenklatsche in der Hand. Nur dass das Teil nicht in einem Gitter, das einer Fliege keinen Ausweg lässt, sondern einem Herzchen endete. „Herzchen für Pöchen?" fragte ich. *Richtig.*

Kaum gesagt, knallte es im Sekundentakt auf das Latex ein. Ich, die Zuschauerdenise, sah das Herzchen auf der Rundung aufprallen und eine winzige, kurzlebige Delle erzeugen. Genau dort, wo das geschah, spürte ich einen punktförmigen, heftigen Schmerz. *Zieht's gut?* „Super." *Mehr?* „Bitte."

Auch die schönste Abreibung geht einmal zu Ende. Plötzlich fand ich mich in einen Raum versetzt. Die Illusion wurde immer perfekter. Der Raum war mahagonigetäfelt und edles Mobiliar zierte ihn. Wahrscheinlich ein teurer Herrenklub. Ich fand mich in halb gebückter Stellung, auf einen Sekretär aufgestützt und mein Gesicht einem Kristallspiegel zugewandt, in dem ich es betrachten konnte. Ich sah aber auch ein paar Männer, die hinter mir standen und miteinander tuschelten. Ich war oben herum in eine Art Korsett gezwängt, unten hingegen völlig nackt. Auf dem Sekretär lag neben mir ein Rohrstock, dessen Zweck mir klar war.

Einer nach dem anderen nahm den Stock und hieb kräftig auf mein einladendes Hinterteil ein. Wieder sah ich gleichzeitig, wie sich die Striemen darauf vermehrten und mein eigenes Gesicht im Spiegel, wie es sich bei jedem Treffer verzerrte. „Boah, das bisher heftigste Gewitter", entfuhr es mir. *Du hast es so gewollt.* „Ich fürchte ja."

Unvermittelt schwebte ich. Rund herum war nichts. Ob das der siebte Himmel war? Aus dem Nichts tauchte ein Engel mit einer Haarbürste auf und schlug mir damit kräftig auf den Po. Es kamen ein Zweiter und ein Dritter und alle trommelten mit Haarbürsten auf mir herum. Eine Weile genoss ich das, aber irgendwann begann ich es als langweilig zu empfinden. Kaum hatte mich dieser Gedanke durchdrungen, verlor ich den Halt und stürzte in die Tiefe. Mit einem schrillen Schrei versuchte ich mich festzuhalten, aber es gab nichts zum Festhalten. Das einzige, was mir auffiel, bevor mich der Tod ereilen würde, war, dass mein Nachthemd wieder übergeworfen war.

Das Bett federte, als ich mich ruckartig erhob. Was war los? Mühsam kam ich in die Wirklichkeit zurück. Da hörte ich es an meiner Haustür klingeln und ein Faust dagegen trommeln. „Denise, was ist los? Geht's dir gut?" Mein Nachbar Klaus! Ohne nachzudenken sprang ich auf, rief „moment!" rannte in den Flur und öffnete.

Das Treppenhaus war erleuchtet und Klaus stand vor mir. Seine ängstliche Miene entspannte sich, als er mich offenbar wohlbehalten vor sich sah. „Was ist denn?" „Du hast eben einen so gellenden Schrei ausgestoßen, dass ich's nebenan gehört habe. Da wollte ich mich vergewissern...."

Mir wurde warm ums Herz. Ich klammerte aus, dass ein Mann im Schlafanzug ziemlich lächerlich aussieht, und war einfach glücklich, ein atmendes Wesen in Griffweite zu haben. „Ich hab' schlecht geträumt. Komm' rein." „Warte, ich zieh...." „Quatsch! Komm' rein."

Unsicher überschritt Klaus die Schwelle. Wir wohnen seit zwei Jahren Wand an Wand in einem nüchternen Mietshaus, ohne dass sich daraus eine innige Bekanntschaft ergeben hätte. Dass sich Parteien eines gemeinsamen Flurs heutzutage duzen, vor allem wenn es sich um Jüngere handelt, bedeutet nichts. Ich hatte nie etwas dazu beigetragen, diese Situation zu ändern, teils, weil ich mit mir selbst beschäftigt bin, teils, weil meine Arbeitsstelle mich ausreichend in Anspruch nimmt, sodass froh bin, in meiner Freizeit ohne weitere Verpflichtungen ausspannen zu dürfen. Dass ich mich allmählich aller sozialen Kontakte beraubt hatte, ging mir heute Nacht zum ersten Mal auf.

„Setz' dich bitte; ich koch' einen Kaffee." „Nachts um drei? Ach egal, morgen ist ja Samstag. Vielen Dank." Während die Maschine lief, sagten wir beide nichts. Als ich Klaus seine Tasse eingoss, merkte er, wie sehr meine Hand zitterte. „Hör' mal, du scheinst ja wirklich schlecht geträumt zu haben. Schweißperlen hast du auf der Stirn auch noch – entschuldige!" Er hatte gemerkt, dass mir diese Aussage unangenehm war. „Macht nichts. Ich hab' wirklich einen Scheiß geträumt."

So richtig zu sagen wussten wir uns nichts. Ich überlegte, wie ich Klaus dazu bringen könnte, für den Rest der Nacht bei mir zu bleiben, ohne dass ich aufdringlich würde.

„Hast du öfter Alpträume?" fragte Klaus. Handelte es sich um Alpträume? Nacht für Nacht wird mir im Schlaf von den unterschiedlichsten Individuen so lebensnah der Arsch vollgehauen, dass ich es zu spüren meine. Der heutige Traum hatte allerdings allem die Krone aufgesetzt. Plötzlich erschrak ich bei dem Gedanken, dass ich pervers sei und es möglicherweise immer schlimmer zu werden drohte. Er war mir vorher noch nie gekommen.

„Dich beschäftigt etwas", diagnostizierte Klaus völlig richtig; „würde es dir schwerfallen, es mit mir zu teilen?" „Hm. Es wäre besser, aber erlaub' mir, ein bisschen nachzudenken, wo ich anfange." „Gern."

Ich sah Klaus an und in ihm einen völlig normalen, biederen Mann, bar jeglicher Kapriziosität und Allüren. „Genau das brauch' ich." „Was?" Klaus schien über diese versonnene Äußerung erschrocken. Ich erschrak ebenfalls. Um Himmels willen, hatte ich mit diesem Satz einen unverzeihlichen Fehler begangen?

„Ich fang' anders an. Was siehst du in mir?" „Eine Frau, die ihr Leben meistert, unabhängig ist und weiß, was sie will." „Damit beurteilst du mich sehr positiv, danke. Grundsätzlich stimmt's auch, aber es gibt einige Abgründe. Einer davon ist die Einsamkeit." Zum Glück erschrak Klaus nicht ein weiteres Mal. „Das kann ich nachvollziehen." Er sah mich nachdenklich an. „Mir geht es nicht viel anders." „Hast du Angst vor der Nacht, vor dem Schlaf?" „Das nicht gerade. Aber ich wälze mich oft ruhelos hin und her."

Während eines Augenblicks des Schweigens fiel mir auf, dass Stimme meiner Fantasie, seit längerem mein ständiger Begleiter, die mich immer mehr nervte als begleitete, verstummt war. ‚Es ist nicht gut, dass der Mensch allein sei', steht bereits in der Genesis, vielleicht keine göttlichen, aber sehr kluge Worte unserer Altvorderen. Hoffentlich hatte die Stimme angesichts der Konkurrenz aus Fleisch und Blut an meinem Küchentisch für immer kapituliert.

Ich beschloss, in die Offensive zu gehen, sei es schicklich oder nicht. „Wann hast du zum letzten Mal eine Frau angefasst?" Klaus hob den Kopf. Seine Augen zeigten ein Blitzen, das eben noch nicht zu sehen gewesen war. Er verkniff sich die Frage, wie ich das meine, denn das war offensichtlich. Er stand auf, trat hinter mich und berührte sanft meine bloßen Arme. „Gerade." Da ich mich nicht wehrte, strich er mit seinen Händen über deren ganze Länge. Ich erhob mich ebenfalls und drehte Klaus mein Gesicht zu. „Und wann zum letzten Mal geküsst?" Sein Mund berührte meinen und saugte sich für einige Minuten fest. „Vor einer Sekunde." „Komm'!" Ich führte Klaus in mein Schlafzimmer und versuchte mich zu erinnern, wie eine Frau am geschicktesten unter Männerhänden dahinschmilzt.

Zu Beginn benahm ich mich vermutlich arg steif, schien aber im Lauf von Klaus' Bemühungen besser zu werden. Als er mein Nachthemd am Saum fasste, bückte ich mich und streckte meine Hände über den Kopf, damit er es über mich ziehen konnte. Dann löste ich seine Schlafanzughose, die ich nur in Etappen über seinen Ständer bekam. Kniend verharrte ich davor. „Bitte nicht lutschen", hörte ich eine knarrende Stimme über mir, „ich möchte mit ihm gern deine Muschi beglücken." Ich grinste. „Ich hab' nur ein Bett, aber ein 1,40 Meter Breite genügt, glaube ich, für uns beide."

Klaus erwies sich wie erwartet nicht als Adonis, der stundenlang auf mir herumturnte, und schnarchte recht bald weg, nachdem er seinen Hodeninhalt in meine Vagina gespritzt hatte. Nichts war mir in meiner Verfassung lieber. Zum ersten Mal seit Monaten genoss ich, den Männerkörper umschlingend, einen erholsamen, traumlosen Schlaf, bis mich das Zwitschern der Vögel am Morgen weckte.

Sonja im Labyrinth

Das bekannteste ‚blaue Haus' ist das der mexikanischen Malerin Frida Kahlo in Ciudad Mexico im Stadtteil Colonia del Carmen, das dort casa azul heißt und seit ihrem Tod 1957 ein Museum ist.

Es gibt jede Menge weitere blaue Häuser, bekannte und weniger bekannte. Selten versuchen Privatpersonen, mit einer spektakulären Fassade einen Markierungspunkt zu setzen, häufiger Besitzer eines Geschäfts oder Etablissements, wie das, über das ich erzählen werde, besser charakterisiert ist.

Früher eine hochherrschaftliche Villa mit entsprechenden Ausmaßen, war das Gebäude vor ungefähr 20 Jahren in die Hände eines Bordellbesitzers übergegangen, der ihm die bewusste Farbe verpasst und, entsprechend der heutigen Mode, als ‚BluBar' in kreativer Rechtschreibung mit großem Aufwand der Öffentlichkeit zugänglich gemacht hatte. Der interessierten Öffentlichkeit, gilt es hinzuzufügen, das heißt weitgehend der männlichen. Lediglich der Sexshop im Erdgeschoss sieht hin und wieder weibliche Kunden.

Da der Kasten weit außerhalb des Orts inmitten eines parkähnlichen Grundstücks steht, nimmt niemand an seiner Existenz Anstoß – der Gemeinderat schon gar nicht, weil ihn dessen üppiger Gewerbesteuerbeitrag in die komfortable Lage versetzt, Luxusprojekte durchzuziehen, von denen die Nachbardörfer nicht einmal träumen dürfen.

In der heutigen Zeit des sogenannten home office und der flexiblen Arbeitszeit, die einem und natürlich auch einer Angestellten erlaubt, einmal an einem ganz normalen Werktag bummeln zu gehen, nehme ich gern die Möglichkeit wahr, morgens um Elf in der BluBar aufzukreuzen. Das ist ihre Öffnungszeit und erfahrungsgemäß habe ich sie dann montags bis freitags für mich. Außer mit Vitus. Solange nicht viel los ist, schmeißt er den Laden allein.

„Hallo Sonja", begrüßte er mich, „einen latte macchiato wie immer?" „Gern; und ein Buttergipfeli." Gipfeli ist der eidgenössische Ausdruck für Croissant, der längst über die Grenze, das heißt den Rhein geschwappt ist. „Gern."

Ich empfinde das Ambiente des Cafés, das dem Sexshop angeschlossen ist, als anheimelnd und besuche es entsprechend häufig. „Und, wie läuft's, Vitus?" „Ich kann nicht klagen. Erstens ist das verboten und zweitens…; naja, es läuft ganz gut." Das liegt an der Schweizer Kundschaft, denen Dienstleistungen in Deutschland stets sensationell billig vorkommen, obwohl das keineswegs immer stimmt. Zugunsten der BluBar spricht außerdem, dass sich diese Sorte Freier außerhalb ihres eigenen Rechtsraums bewegen und kaum nachkontrolliert werden kann, wo sie sich aufhalten und was sie so alles treiben.

„Wir haben 'was Neues", informierte Vitus mich. Ich oute mich an dieser Stelle und bekenne, dass ich in der BluBar nicht nur ein zweites Frühstück zu mir nehme, sondern mich auch im Laden nach anregenden Accessoires umsehe und vor allem ein bestimmtes Gerät nutze. „Und was?" „Wir haben endlich für den alten, riesigen Weinkeller eine Nutzung gefunden und zu einem Labyrinth umgebaut. Nächstes Wochenende wollen wir es mit großem Tamtam einweihen, aber es ist schon betriebsfähig. Wenn du möchtest, darfst du einmal durch – kostenlos, denn du bist die erste Testperson."

Vitus deaktivierte den Drehmechanismus, der den Weg nur nach Entrichten eines Obolus freigibt, und öffnete mir den Zugang. Er sagte: „Nimm' bitte dein Handy aus der Gesäßtasche, damit's nicht kaputtgeht, und bitte keinesfalls bücken oder sowas." Gleichzeitig fiel mir ein Schild auf, auf dem ‚Nur für Spankingaffine' stand.

Vitus führte mich schnell irgendwohin in die Mitte. Mit den Worten: „Wenn du nicht mehr weiter weißt, drück' auf den roten Knopf und ich hol' dich sofort 'raus", überreichte er mir einen Pager und zog sich zurück. Ich stand an einer schummerbeleuchteten Kreuzung, von der Wege in alle vier Richtungen führten. Ich wählte auf gut Glück den, der sich auf meiner linken Seite befand.

‚Patsch‘ machte es und ich spürte einen heftigen Schlag auf den Po. Ganz überraschend kam das nicht; nicht umsonst hatten die beiden Indizien vor meinem Eintritt darauf hingewiesen. Ich sah hinter mich. Nichts Auffälliges war zu sehen außer Spalten in den Wänden, mit denen Stöcke oder ähnliche Werkzeuge untergebracht sein mochten. Vor mir das gleiche.

Ich ging langsam weiter. Nach jeweils 1½ Schritten setzte es etwas. Ich überlegte. Ich wollte und sollte hier ja aus eigener Kraft wieder herauskommen. Den Pager gedachte ich keinesfalls einzusetzen.

Der Weg führte in sanften Kurven weiter. Ab und zu zweigten welche ab; mir war klar, dass ich vermutlich im Kreis geführt würde, wenn ich einfach geradeaus weiter liefe. Außerdem ist bei einer Gabelung schwierig zu beurteilen, was als ‚geradeaus‘ anzusehen ist.

Ich probierte aus, was geschähe, wenn ich stehenblieb. Das Ergebnis war: Nichts; es gab nicht immer weiter Haue von demselben Paddel. Also vorwärts. Mir kam eine Idee. Fehlte eine Alternative, gab es wechselweise hintendrauf. Vielleicht hatte die Seite eine Bedeutung, wenn ein Abzweig, eine Gabelung oder eine Kreuzung anstand?

Ein Gang öffnete sich nach links. Ich achtete aus dem Augenwinkel genau darauf, von woher der Hinweis kam. Von rechts, also weiter im selben. Eine Kreuzung. Jetzt war ich gespannt. Von links drauf, also links abbiegen. Nach drei weiteren Schikanen, bei denen ich mich stets nach der Seite orientierte, von der das Paddel ausfuhr, endete meine Odyssee vor einer Tür, auf der ‚Ausgang‘ stand. Eine ganz normale Klinke galt es hinunterzudrücken und ich befand mich am Fuß einer Treppe, die nach oben in den Sexshop führte.

„Gratuliere“, rief mir Vitus von seinem Tresen aus zu, „du hast’s schnell geschnallt. Kommst du bitte?“

Ich sah ihm über die Schulter. Auf seinem Bildschirm lief ein Film, auf dem eine Frau von hinten zu sehen war, die durch einen schummrig beleuchteten Gang schreitet und in gleichmäßigen Abständen von einem Paddel – das hatte ich richtig gespürt – einen Klaps hinten drauf erhält. „Du hast mich gefilmt?" „Der Camcorder ist an der Deckenschiene hinter dir hergefahren und hat deinen Rundgang festgehalten. Wir würden das gern als Werbefilm nutzen, wenn du es erlaubst. Du bist nur von hinten aufgenommen, wie du siehst."

„Hm." Ein wenig pikiert schürzte ich die Lippen. „Du hättest mich vorher fragen müssen." „Ich weiß, Sonja; ich hatte das wirklich vergessen. Ich lösche den Film sofort, wenn du darauf bestehst."

So hinter dem Mond bin ich nicht, nicht zu wissen, dass längst Kopien existieren konnten, auch wenn Vitus das Machwerk vor meinen Augen vernichtete. Andererseits bin ich durchaus eitel und mein Gesicht bleibt tatsächlich verborgen. Welch' geräumige, beinahe amerikanische Ausmaße mein Hinterteil beansprucht, zeigt es leider umso eindrücklicher. „Dann verlange ich aber in Zukunft ein bisschen Entgegenkommen." „Sicher. Schlag' 'was vor."

Plötzlich bemächtigte sich ein anderer Einfall meiner. „Wie bist du eigentlich auf die Idee gekommen, dass ich das gut finde – das mit dem Spanking, meine ich." „Du benutzt doch ab und zu unsere Maschine." „Soso. Du spionierst mir also nach."

Vitus wurde rot. „Nein, wirklich nicht, ich schwör's dir. Aber was soll ich davon halten, wenn ich aus der bewussten Ecke verräterische Geräusche höre und du die einzige Kundin bist?" „Wieso gibt's hier keine Musikberieselung, die alles übertönt?" „Gibt's, aber erst, wenn hier 'was los ist. Ich geb' dir aber recht, sie sollte ständig laufen.

Sag' mal, möchtest du nicht auch da Filmstar werden, dein A...Po, meine ich." Diesmal war mir sofort klar, worauf Vitus hinauswollte. „Du willst also auch filmen, wie mein

Allerwertester von dem Ding ausgeklopft wird?!" „Naja, wenn du's sowieso machst.... Da gibt's sogar Geld für." „Was soll das für einen Zweck haben?" „Wir wollen mehr Frauen anlocken und das ist etwas für sie." „Was du nicht sagst." „Wahrhaftig; es gibt sicher solche, die das strikt ablehnen, aber auch jede Menge, die sich ganz gern mal einen hinten draufgeben lassen. Wie und wo wir das Filmchen marketingmäßig platzieren, haben wir uns schon überlegt. Na?" „Wieviel Geld?" „Ein Riese liegt drin. Außerdem darfst du unsere Spankingmaschine bis ans Lebensende kostenlos benutzen." „Ob ich da als Achtzigjährige noch Lust...? Aber mein Gesicht bleibt wie im Labyrinth außen vor." „Versprochen. Du kriegst selbstredend beide Kreationen mit nach Hause."

Da sich ab Mittag erfahrungsgemäß einige Leute mehr hierher verirren, war mittlerweile Andrea eingetroffen, um Vitus zu unterstützen. Sie hatte sich neben uns aufgebaut und hörte zu. Vitus wandte sich ihr zu. „Andrea, kannst du das erledigen? Ich glaube, es ist besser, eine Frau besorgt das. Ich halte derweil am Tresen die Stellung."

Der Raum ist wie eine Umkleidekabine gestaltet, aber um einiges größer. Drin befinden sich zwei Böcke, ein hoher zum drauf Liegen und ein niedriger an dessen Fußende zum drauf Knieen. Ein Kissen schließt das Kopfende des Bocks ab.

„Wie machst du's immer", fragte Andrea, „ziehst du dir die Hose 'runter?" „Nein. Ich stelle dafür auf ‚fest'." „Willst du das gar nicht?" „Wenn ich sicher bin, dass niemand unvermittelt hereinplatzt, lass' ich mir auch auf den Blanken bieten." „Okay, das sollte nämlich schon sein. Dass keiner 'reinplatzt, dafür wird Vitus sorgen. Wieviel gibst du dir normalerweise?" „Zehn." „Dürfen's auch mehr sein?" „Soll ich dir 'was sagen? Bei einem Euro pro Klaps sind mir mehr zu teuer." „Das Problem stellt sich in dieser Situation ja nicht und in Zukunft auch nicht mehr."

Wir einigten uns auf 30 mit dem Paddel; je zehn auf die Jeans, zehn aufs Höschen und zehn auf den Nackten.

„Betriebstemperatur hat er durch das Labyrinth schon. Du kannst also gleich auf ‚hart' stellen."

Da es nicht draufkam, durfte ich nach Belieben das Gesicht verziehen. Nur zu laut ‚aua' schreien nicht, da wegen der Klatschgeräusche der Ton mitlief. „Alles klar, stell' an."

Die zehn auf die Jeans waren mir bekannt und keiner Erwähnung wert. Auf den dünnen Slip zog schon besser. Das kann ja in der dritten Staffel heiter werden, dachte ich, wenn gar kein Schutz mehr da ist. Überraschenderweise schmerzte sie weniger als die zweite. „Klar, du hast ja Nylonunterwäsche an", stellte Andrea fest, als sie das Höschen zwischen Zeigefinger und Daumen prüfend rieb. „Die dämpft nicht, sondern verstärkt." „Oh."

Mittlerweile bevölkerten einige – durchweg männliche – Zeitgenossen das Untergeschoss. „Hast du alles fertig?" „Hier!" Vitus überreichte mir zwei DVDs. „Übrigens", bemerkte Andrea leise zu ihm, aber so, dass ich es mitbekam, „Sonja ist eine ideale spanking woman. Steckt klaglos alles weg.

Hör' mal", wandte sie sich an mich, „willst du nicht 'was draus machen? Ich geb' dir die Visitenkarte von einem Studio, das sich auf sowas spezialisiert hat. Bei denen müsstest du dich natürlich ab und zu von Kerlen aus Fleisch und Blut vermöbeln lassen. Wenn du dich entschließt, sagst du, du kämst auf meine Empfehlung. Ich denke, dann nehmen die dich auf jeden Fall für Probeaufnahmen."

Nachdenklich steuerte ich mein Auto nach Hause. Ein einigermaßen sicherer Bürojob ernährt mich, artet aber auf Dauer in Langeweile aus. Wenn ich den reduzierte, wenigstens teilweise meinen Neigungen nachginge und dafür noch Geld erhielte?

Als ich mich auf meine Couch setzte, waren meine Überlegungen zu einem Abschluss gelangt. Bevor mich der Mut verließ, zerrte ich die Visitenkarte hervor und wählte die darauf vermerkte Mobilfunknummer.

Doris' Schaukel

Die Lichtung tief im Wald erfüllt alle Bedingungen von Idylle. Der Wind lässt Gräser und Blätter rauschen. Vögel zwitschern und Rehe äsen friedlich, ab und zu gestresst von ein paar Füchsen, die ihnen nichts, und von Wildschweinen, die ihnen sehr wohl etwas anhaben können – nicht weil sie deren Beute wären, sondern deren stürmisches Vorwärtsdrängen auf der Suche nach Futter keinen Platz für andere lässt.

Von der Tierwelt nicht beachtet wird ein Fremdkörper, der an zwei langen Seilen von einem starken Baumast im Schatten seines mächtigen Stammvaters in 80 Zentimetern Höhe über dem Gras hängt. Das Rundholz aus Eiche, aus dem der Fremdkörper besteht, würde bei einem Menschen keinen Zweifel aufkommen lassen, dass es sich bei ihm um eine Schaukel handelt.

Doris kommt immer noch gern hierher. So abgelegen von der Zivilisation, wie die Lichtung abgelegen zu sein Glauben macht, ist sie nämlich nicht. Nur einige hundert Meter von Doris' Elternhaus entfernt, das nun das Ihre und das letzte vor dem Wald ist, hat sie sie in wenigen Minuten erreicht. Vor vielen Jahren, als Doris ein kleines Mädchen war, hat ihr Vater die Schaukel mit Hilfe einer Leiter, vor allem aber mit Hilfe seiner Kletterkünste angebracht. Die Tochter erweist sich als Talent, denn sie bringt sich bereits als Achtjährige aus eigener Kraft in Höhen, die ihre Freundinnen und Freunde nicht ansatzweise erreichen. Wettbewerbe dieser Art finden allerdings nur auf dem Spielplatz statt, denn Doris möchte das Wissen um die Schaukel im Wald nicht mit anderen teilen.

Dass sie sich darauf auf keinem Brett, sondern einem Rundholz niederlässt, ist zu Beginn Anlass für einigen Verdruss, denn ihr Gewicht drückt rasch auf ihre Sitznerven, umso mehr, je älter und schwerer sie wird. Dann erkennt sie Lösung und Vorteil gleichzeitig. In Sportschuhen lässt sich im Stehen beliebig lange aushalten und das Gerät ist auch für anderes als schaukeln verwendbar. So kann sie sich darauf hochstemmen und einige Turnübungen absolvieren. Auf- und Unterschwung gehen bereits nicht mehr, weil es zu tief hängt, aber kraft ihrer Arme sich so hoch zu halten, dass sie sich in Zeitlupe ohne Bodenberührung darunter durchhievt, gelingt Doris nach einiger Übung. Weniger anstrengend ist der Handstand auf dem Holz, zu Beginn, indem sie ihre Beine an den Seilen fixiert, später frei in reinem Gleichgewichtsmodus.

Zwei Möglichkeiten eröffnen sich ihr. Zum einen hält sie sich für so sportlich und akrobatisch, dass sie sich zunächst in der Schule zu Turnwettbewerben meldet. Sie gewinnt alle so mühelos, dass sie bald an Kreismeisterschaften, wenig später an solchen ihres Bundeslandes und einen weiteren Wimpernschlag an nationalen teilnimmt und immer einen Medaillenrang ergattert. Mit 18 gilt Doris weltweit als ‚Wunder am Schwebebalken', die den Dreifachsalto ohne die geringste Unsicherheit steht, und tourt um die Erde.

Zum anderen bleibt sie trotz ausgefeiltester Trainingsmöglichkeiten an verschiedenen Sporthochschulen ihrer Kinderschaukel treu. Immer noch liebt sie es, sich unter ihrem alten Rundholz hindurchzuziehen, einen Handstand darauf zu stemmen und im Stehen stundenlang darauf zu schaukeln, dass sie über die Waagerechte hinaus kommt.

Die Wettbewerbskleidung, die einem einteiligen Badeanzug gleicht, findet Doris nicht besonders sexy. Sie stellt fest, dass es viel aufregender aussieht, wenn sie einen kurzen Rock darüber zieht, der neckisch im Fahrtwind flattert. Noch besser sieht der Handstand aus, wenn das Textil der Schwerkraft gehorcht und ihre Beckenpartie dem unsichtbaren Zuschauer freigibt. Es geschieht bald, dass Doris auf ihren Sportdress komplett verzichtet und sich mit einem weiten Kleid begnügt.

Sie meint, sich selbst bei ihren Aktivitäten beobachten zu können. Die Frage, ob das normal sei, vermeidet sie sich selbst zu stellen. Sieht sie wirklich, wie sich ihr unterer Bereich nackt nach oben streckt, während ihr Kleid beinahe bis zum Gras fällt, oder ist lediglich ihre Einbildungskraft so stark? Doris klammert ihre Beine um das Seil und wünscht sich, jemand würde ihr kräftig auf den Po hauen.

Patsch! Doris hält den Atem an. Sie hat deutlich eine Hand – eine Männerhand – gespürt, die ihren Wunsch erfüllt hat. Dreht sie jetzt durch? Führt Erfolg dazu, dass der Bezug zur Wirklichkeit verloren geht? Und wenn es so wäre: Ist sie Herrin ihrer Fantasie, ihrer Sehnsüchte? Zehn Kräftige, bestellt sie, und tatsächlich: Wechselweise knallt es spürbar auf ihre Backen.

Doris springt mit einem eleganten Salto auf den Waldboden, dass die Rehe erschrocken ein paar Schritte zurückweichen, und verharrt zunächst. Soll sie wirklich? Zögernd befühlt sie die betroffenen Rundungen. Sie sind warm, beinahe heiß. Leider hat sie keinen Spiegel dabei, um die Farbe zu überprüfen. Sie beschließt, das nächste Mal an ihre Schminkutensilien zu denken.

Wie heute? denkt Doris. Ein bisschen Abwechslung täte gut. Sie hat eine Idee und beugt sich über das Rundholz. Sie ist groß genug, dass Hände und Füße das Gras berühren. Als sie 20 Feste bestellt, fällt ihr ein, dass sie den Rock hätte hinten hochziehen sollen. Zu ihrer Überraschung spürt sie an sachtem Kitzeln, dass das ohne ihr Zutun geschieht. Doris schließt die Augen und genießt die Tracht Prügel, die sie richtig schön durchwärmt. Bevor sie zum Spiegel greift, greift sie sich woanders hin, denn diesmal hat das Trommelfeuer lange genug angedauert, dass sich ihr erogener Vorderbereich angesprochen fühlt. Das also ist ein Orgasmus, denkt sie, nachdem ihre Finger die erforderliche Arbeit geleistet haben; irgendwie habe ich bis jetzt etwas verpasst. Dass der Spiegel das zeigt, was sie erwartet hat, nämlich zwei dunkelrosa gefärbte Halbkugeln, verstört sie merkwürdigerweise nicht.

Nach mehrfachem Auskosten von Handstand und umgedrehtem U nimmt sich Doris eine schwierigere Disziplin vor. Wenn ich wie früher in im Stehen schaukele, denkt sie, und bis zur Waagerechten komme, könnte dort oben niemand an mich heran – außer dem Geist, den ich durch bloßes Wünschen herbeigezaubert zu haben scheine. Dem sollte mich zu beglücken möglich sein, nachdem mein Schwung rückwärts vollendet ist.

Es dauert nicht lange, bis sich Doris zur geplanten Höhe aufgeschwungen hat und senkrecht zu Boden blickt. Dort steht sie einen Sekundenbruchteil still, bis die Schwerkraft sie wieder nach unten zieht. Und tatsächlich – genau in diesem Sekundenbruchteil schafft es eine geheimnisvolle Macht, ihr Kleid hochzuschieben und ihr einen kräftigen Klaps hinten drauf zu verabreichen, der der Gegenrichtung zusätzlichen Schwung verleiht. Erfreut stellt Doris fest, dass auch bei dieser Variante ihre Backen wechselweise bedient werden. Zum Schaukeln reicht ihre Kraft, solange sie will und sie gibt sich diesmal nicht zufrieden, bevor nicht die Hundert voll sind. Als sie endlich abspringt, steht ihr Po regelrecht in Flammen. Den Spiegel braucht sie nicht mehr, aber sie streichelt gern eine Weile ihre geschundene Haut.

So vergeht die Zeit und Doris merkt, dass das Alter seinen Tribut zu fordern beginnt. Sie ist nicht mehr die Beste und beschließt, ihre Karriere zu beenden. Als Turnerin ist trotz Olympiagold nicht genug Vermögen zusammenzubringen, dass es bis ans Ende zu sorglosem Leben reicht. Doris findet zum Glück ihr Auskommen in einem erfolgreichen Betrieb in der Nähe, sodass sich ihr Alltag äußerlich wenig, in ihrem Inneren aber stark ändert; der Übergang vom gefeierten Star zu einer 40 Jahre immer im selben Rhythmus funktionierenden grauen Büromaus ist schwer zu verkraften. Doris schafft es, aber den Weg in die Lichtung zu der Schaukel, die ihr einst ihr Vater an den mächtigen Baum gehängt hat, findet sie immer seltener.

Doris stellt fest, dass die Magie des Orts verschwunden ist. Sie hat nicht mehr das Gefühl, sich selbst zuschauen zu können, und spürt keine Geisterhand mehr, die ihr zu einem geheimen Vergnügen verhilft. Sie schaukelt ein bisschen und legt ihre Jacke unter, damit sie das im Sitzen tun kann, ohne dass sie das Rundholz drückt. Sie ist nun seit langem Rentnerin und ahnt, dass der heutige Tag ihren Abschied von diesem Ort markiert. Sie vermeidet es, ihr Leben zu rekapitulieren, denn es hat aus nicht allzu vielen Aktiva bestanden. Das olympische Siegertreppchen liegt ein halbes Jahrhundert zurück, so lange, dass es ihr wie ein Schemen aus einem anderen Leben vorkommt. Genau genommen bleibt die Schaukel als einziges Aktivum und Doris weiß, dass das wenig ist.

Die ultimative Reise ist angetreten und Doris ruht in Frieden. Ihre Großnichte, das heißt eine Urenkelin ihrer Großmutter, hat als nächste Verwandte Doris' Haus geerbt. Sie bringt eine ansehnliche Familie mit und zum ersten Mal seit Jahrzehnten schallt wieder Kinderlachen durch die Räume und hallen atemlose Rufe von wilden Spielen durch den Flur. Ab und zu scheucht die Mutter ihre Sprösslinge in den Wald, um für kurze Zeit Ruhe zu tanken.

Die Lichtung ist nur einige hundert Meter vom Haus entfernt und natürlich entdecken und erobern die Kinder sie für ihre mit Ernst betriebene geheimdienstliche Tätigkeit. Nur eins entdecken sie nicht. Die lang herunterhängende Schaukel mit dem Eichenrundholz nutzen die Vögel und die Rehe sehen sie, aber menschlichen Augen bleibt sie verborgen.

Beate unter dem Spinnacker

Ich besitze keine Segelyacht, aber mein Onkel Eusebius. Selbst wenn ich das Geld dafür hätte, wäre es sinnlos, am Bodensee auf einen Liegeplatz zu spekulieren: Die Wartezeit beträgt geschätzte 130 Jahre. Sein Liegeplatz in Sipplingen befindet sich seit Jahrhunderten im Besitz der Familie seiner Frau Eulalia.

Für das zu erwartende schöne Juniwochenende gelangen mir zwei Dinge gleichzeitig: Meinem Onkel seine Yacht für einen Törn ab- und diesen Beate aufzuschwatzen, die ich zwar nicht als richtige Lebenspartnerin ausgeben darf, die mich aber bei Anlässen wie einem Waldspaziergang an sich heranlässt, wenn sie guter Stimmung ist.

Yacht ist übertrieben, Jolle wäre die angemessenere Klassifizierung. Aus Glasfiber wie heute üblich bietet sie an ihrem Aluminiummast die üblichen Groß- und Vorsegel sowie einen Spinnacker, eine sich blähende Plane vor dem Vorsegel, wenn der Wind genau von hinten kommt. Diese ist die direkte Nachfahrin der bekannten Takelage von Piratenschiffen aus den einschlägigen Filmen, die ihren Vorbildern einigermaßen naturgetreu nachgebaut sind, sofern man alten Zeichnungen Glauben schenken darf. Diese Takelage sieht zwar imponierend aus, verunmöglicht jedoch das sogenannte Kreuzen, das heißt das Fahren gegen den Wind. Indem durch Umlenken der Windkräfte dank moderner Segel und des Kiels im Zickzack schräg gegen ihn angefahren wird, wird das Ziel auf diesem verlängertem Weg erreicht. Das geht manchmal erstaunlich schnell.

Die *Eulalia II.* weist zwar keinen ausgesprochenen Kiel, sondern nur ein Schwert auf, aber für unsere bescheidenen Zwecke würde das reichen. Am heutigen Samstag waren sowieso noch keine Kunststücke nötig, denn der Wind wehte wie meistens von Westen und würde uns problemlos bis Lindau vor sich her treiben. Morgen dürften wir wahrscheinlich die ganze Strecke zurück gegen die Brise angehen müssen.

Es war bereits morgens so warm, dass für uns in Bikini und Badehose auszulaufen angenehm war. Wir glitten mit Dieselkraft aus dem Hafen. Ich weiß, dass Segelpuristen bei dieser Aussage ihre ganze Verachtung über mich ausschütten, aber ich hatte nicht nur keine Lust, die komplizierten Wenden auszuführen, sondern auch – ich muss es zugeben – noch nie probiert.

Als wir auf dem offenen Wasser waren, gab es nicht mehr viel zu tun. Beate und ich zogen den Spinnacker auf, weil der Luftzug genau passte. Ich hatte ihr einige Anweisungen geben wollen, wie dieses und jenes zu handhaben sei, stellte aber fest, dass das nicht nötig war; sie wusste ohne mich sehr gut, was zu tun war. Auch der Umgang mit Tauen und Knoten bereitete ihr offensichtlich keine Probleme.

„Sag' mal, Beate...." „Ja, Albert?" „Du segelst nicht zum ersten Mal?" „Hatte ich es dir nicht gesagt? Ich hab' schon einige Regatten gewonnen." Jetzt war ich beschämt. Ich hatte den Macho herauskehren wollen, der alles kann und weiß, und nun stellte sich heraus, dass das Könner-/Lehrlingsverhältnis umgedreht war als mir vorgeschwebt hatte. Ich merkte, dass ich rot wurde. Beate hatte vorhin, während der motorisierten Ausfahrt, ein undurchdringliches Lächeln aufgesetzt. Nun wusste ich warum. „Dann bist du besser der Skipper – oder die Skipperin –, denn ich hab' außer einem Segelschein nichts vorzuweisen." „Blödsinn! Du machst das ganz gut und du bist außerdem der Bootsbesitzer." „Nicht mal das. Das Ding gehört meinem Onkel." „Der ist der Eigner; du bist für heute und morgen der Besitzer."

‚Du machst das ganz gut' nagte an mir. Hatte Beate das nett oder herablassend gemeint? Sei es wie es sei, dachte ich, genießen wir den Tag. Ich beschäftigte mich kurz in der Kajüte, um für heute Nacht alles klar zu machen. Es würde eng werden, aber das war mir umso lieber. Dann war ich wieder oben.

Es war noch relativ früh am Morgen und wir hatten bereits Überlingen passiert. Die deutsche Seite des Bodensees nimmt westlich von Friedrichshafen das sogenannte voralpine Hügel- und Moorland ein. Blickt man an einem sonnigen Wochenende von einem dieser Hügel in der Nähe von Meersburg auf das Wasser, entsteht der Eindruck, es gäbe keins – nur Boote. Befindet man sich auf dem See, relativiert sich das. Unser nächster Nachbar war so weit entfernt, dass wir ihm nur mit einem Fernglas hätten visuell auf den Leib rücken können. Für ihn galt das natürlich ebenso.

Da die Sonne von vorn schien, war es unter dem Spinnacker schön schattig. Beate hatte das genutzt, um sich längelangs auf dem Bauch hin zu drapieren. Sie gab eine schöne Galionsfigur ab.

Ich näherte mich ihr und setzte mich neben sie. „Alles erledigt, Skipper?" fragte sie. „Ich sehe nicht, was noch zu tun wäre – außer einem." „Und was?" Ich beugte mich hinab und begann ihren Rücken mit meinem Mund auszumessen. Beate schnurrte. Ich legte meine Hand auf ihren Po, um besseren Halt zu haben. Da fiel mir auf, welch wunderbare Hügellandschaft sie umschloss. Ich knetete ein bisschen herum. Dann kam mir eine Idee.

Ich begann an ihrer Hose beide Stoffbereiche über die Backen nach innen zu schieben, damit diese frei zu liegen kamen. „Was machst du da?" „Du hast so einen schönen rosa Bikini an." „Ich bin schließlich ein Mädchen." „Und drunter ist's so weiß." „So schnell krieg' ich ihn nicht braun." „Nicht braun, aber bikinifarben."

Beate wurde hellhörig und hob den Kopf. „Und du willst nachhelfen?" „Gern." „Warte!" Verblüfft hielt ich inne, denn ich hatte bereits ausgeholt. Beate griff zu ihrem Smartphone, das sie absturzsicher zwischen zwei Lagen einer Taurolle geklemmt hatte. Ich sah sie eine Nummer aus den Tiefen ihres Speichers aktivieren. Während sie auf die Verbindung wartete, sagte sie zu mir: „Weißt du, meine Freundin Hilde ist mit ihrem Typ auch gerade auf einem Törn…; hallo Hilde, bist du's?" Ich verharrte sprachlos mit erhobener Hand. Was bezweckte Beate?

„Bist du auch schon auf dem See?" „…." „Super. Du, Albert hat ein Spielchen mit mir vor, nämlich meine Dinger da hinten rosa zu färben. Hast du Lust zu einem Synchron-klatsch?" „…." „Klar macht Patrick mit, welcher Mann versohlt nicht einer Frau gern den Arsch? Und du hast ja auch ganz schöne…. Was…?" „…." „Ja, frag' mal."

Beate fingerte auf dem Smartphone herum und drehte sich mir zu. „Ich hab' auf Lautsprecher gestellt. Jetzt…; ja, Hilde?" *Patrick macht mit*, krächzte das Gerät. Beate klemmte es wieder in die Taurolle, aber mit freiliegendem Display. „So, ich bin soweit; wer zählt?" *Mach' du!* „Gut. Hast du gehört, Albert? Bei drei!" Ich nickte. „Eins, zwei, drei", KLATSCH! und KLATSCH! quäkte es aus dem Gerät. „Bisschen zu spät", tadelte Beate. Ich betrachtete versonnen meinen ersten Handabdruck auf ihrer Backe. Unterdessen hatte sie wieder zu zählen angefangen und ich hätte beinahe meinen Einsatz verpasst. „Eins, zwei, drei", KLATSCH! Dieses Mal erklangen die Auftreffgeräusche gleichzeitig. Mir begann die Sache Vergnügen zu bereiten, nachdem ich sie zunächst skeptisch beurteilt hatte.

Bald klappte es wie am Schnürchen. „Eins, zwei, drei", KLATSCH! „Eins, zwei, drei", KLATSCH! Beate ließ die Streiche klaglos über sich ergehen; allerdings meinte ich wahrzunehmen, dass sie ihre Fäuste ballte. *Wollt ihr eine Pause?* Hörte ich eine Männerstimme am anderen Ende fragen, die sicher Patrick gehörte. *Gern; dann überlegen wir, wie's weitergeht.* Beate nahm sich kurz Zeit, mich zu fragen: „Und, wie macht sich's?" „Bestens; ich hätte nie gedacht, dass das Teil so nachgiebig ist." „Und die Farbe?" „Kommt der Sache näher."

„Passt auf", schlug sie dann vor, „jetzt machen wir zehn Mal Einbahnstraße; also Zehn am Stück auf die Rechte, dann Zehn auf die Linke. Und jetzt nur bis zwei zählen. Gut?" *Gut.* „Eins, zwei", KLATSCH! ertönte es zehn Mal in schönem Gleichklang. Der mir unbekannte Patrick und ich hatten uns gut aufeinander eingespielt. Beates rechte Backe zeigte nun wirklich eine intensive Farbe. „Zweite Staffel; bereit?" *Bereit!* „Eins, zwei", KLATSCH! Die Übung erregte mich derart, dass die Spannung in meiner Hose unerträglich wurde. Ich konnte nicht anders, als kurz mit meiner freien Hand dorthin zu fahren. Ich war soweit gediehen, dass die sachteste Berührung genügte, um einen Samenerguss auszulösen. Mich dabei weiterhin auf das Spanken zu konzentrieren, damit Beate das nicht bemerkte, betrachte ich im Nachhinein als gute Leistung.

Ich glaube, es ist genug. „Okay Hilde, ich denke, wir wurden gut bedient. Wie weit wollt ihr heute kommen?" *Geplant ist Lindau.* „Fein, das haben wir auch vor. Wenn wir am selben Ort landen, treffen wir uns zum Abendessen. Bis heute Abend. Tschüss!" *Tschüss.*

Beate zeigte zum ersten Mal offen Anzeichen von Schmerzen. „Boah", keuchte sie, „ganz schöne Abreibung." Dann sie sah mich an. „Zufrieden?" „Ein bisschen zuviel." Sie sah auf eine bestimmte Stelle meiner Hose und gluckste. „Soso, hat's dich gepackt. Die Spannung, nehme ich an. Dann hat's dir auch Spaß gemacht. Freut mich." „Dass dein Ding da hinten so schön wackelt, war für mich eine Überraschung." „Eine passende Speckschicht muss sein, sonst wär' ich keine Frau." „Und du?" Beate rieb sich ihre Kehrseite. „So ganz neu ist die Erfahrung nicht. Ich träume schon lange von einem Synchronspank. Würdest du mir den Stoff wieder drüberziehen?" „Darf ich vorher deine heiße Landschaft ein bisschen streicheln?" „Ach so, klar!"

Nachdem sich Beate erhoben hatte, sah ich, dass sie sich zwischen die Beine fasste. „Darf ich dir's besorgen?" „Gern."

Beate stellte sich einfach mit dem Rücken zu mir aufrecht hin. Ich griff mit meiner linken Hand an die passende Brust, berührte mit den Lippen ihren Hals, den sie mir darbot, und grabbelte ihr mit der Rechten auf dem Bikinistoff an der richtigen Stelle herum. Bald begann sie zu stöhnen und zu zucken. Es bedurfte einer ganzen Weile, bis ihr Verlangen gestillt zu sein schien und sie sich ruhiger verhielt.

„Hör' mal", sagte ich, „es wird immer voller. Gehst du kurz ans Ruder? Ich sollte ins Wasser, weil…; du weißt schon." Beate gluckste wieder. „Mach' dich sauber! Bis heute Abend kannst du hoffentlich wieder." „Sei unbesorgt."

Auf der Höhe Meersburg gilt für Segler vor allem auf den hochfrequenten Fährquerverkehr zwischen dieser Stadt und Konstanz-Staad zu achten. Danach wird es wieder ruhiger.

„In Immenstaad hab' ich mal gewohnt", erzählte ich Beate, „weißt du, was an dem Ort besonderes ist?" „Nein." „Es ist der östlichste in Baden. Unmittelbar im Anschluss fließt ein Bach in den Bodensee, und der bildet die badisch-schwäbische Grenze. Die Dornier-Werke dahinter hatten bis vor einigen Jahren sogar einen Gleisanschluss und weißt du, wofür er genutzt wurde?" „Zum Antransport von Rohstoffen und Abtransport von Fertigprodukten, nehme ich an." „Keineswegs, das ging alles per Lkw. Nein, einmal pro Woche wurde ein G-Wagen, also ein geschlossener Güterwagen voll Klopapier für die Belegschaft aufs Gelände rangiert." „Manchmal fragt man sich…." „Manchmal fragt man sich vieles, ohne eine sinnvolle Antwort zu erhalten.

Wie dem auch sei, Dornier markiert sozusagen die erste Duftmarke Schwabens." „Heißt der Bodensee nicht auch schwäbisches Meer?" „Er heißt so, aber das trifft eigentlich daneben. Sein badischer Anteil ist wesentlich größer. Von hier geht's gerade mal bis Kressbronn, dann fängt schon Bayern an. Der bayerische Anteil ist allerdings noch kleiner. Etwas mehr hat wiederum Österreich, das heißt das Bundesland Vorarlberg. Die Schweiz ist der größte Anrainer; die Eidgenossen haben ja das ganze Südufer." „Viel sieht man da nicht." „Sei froh; an klaren Tagen grüßt der Säntis bis Überlingen hinüber, ein traumhafter Anblick.

Leider bedeutet er, dass es am nächsten Tag regnen wird. Mir ist lieber, dass uns das für die Rückfahrt erspart bleibt."

Wir schafften es an jenem Tag tatsächlich bis Lindau; dort trafen wir uns mit Hilde und Patrick wie geplant zum Abendessen. Sie kennengelernt zu haben betrachte ich als Gewinn, kultiviert und gebildet wie beide sind. Unsere kleine morgendliche Doppelspankeinlage erwähnten wir mit keinem Wort mehr.

Am nächsten Tag blies uns wie erwartet eine steife Brise ins Gesicht. Ich hätte irgendwann entnervt aufgegeben, die Segel gerefft und den Diesel angeschmissen. Da kam Beates Stunde, die Stunde einer hervorragenden Seglerin. Den ganzen Tag kreuzten wir, was natürlich ununterbrochene Anstrengung bedeutete. Müßig zu erwähnen, dass Beate die *Eulalia II.* am Abend ohne Motorkraft auch durch die Sipplinger Hafeneinfahrt bis zum Liegeplatz manövrierte. Als wir festmachten, war ich stolz wie Oskar.

„Danke, Beate." Als Antwort umschlang sie meinen Nacken und lächelte mir ins Gesicht. „Kannst du dir denken, welchen Fehler wir gemacht haben, Albert?" „Ich glaube ja." „Dass wir uns bisher nur südlich der Hüfte kennengelernt haben." Sie zog meinen Kopf zu sich heran, dass sich unsere Lippen berührten. Dabei blieb es nicht. Ich hätte nie gedacht, dass es in einer Mundhöhle so viel zu erforschen und zu schmecken gibt. Ich hätte auch nie gedacht, dass den Bodensee innerhalb eines Tages gegen stürmischen Wind in seiner vollen Länge zu durchsegeln möglich ist.

Nicole auf Abwegen

Vor einiger Zeit verzeichnete ich ein Erlebnis, das als nichts weniger denn peinlich zu bezeichnen ist. Folglich sollte ich darüber Stillschweigen bewahren, aber der lustige Aspekt des Ganzen bewegt mich, es gleichwohl schriftlich festzuhalten. Sonst ist in 30 Jahren alles vergessen und das wäre aus heutiger Sicht schade.

Ich höre auf den schönen Namen Nicole – ob er schöner ist als ich selbst, das zu beurteilen überlasse ich anderen. Meine Proportionen scheinen jedenfalls in Ordnung zu sein, denn Männer versuchen frecherweise auch dann an mir herumzugrabschen, wenn sie dazu kein Recht haben. Ich gebe zu, dass ich keine Tugendtante bin, denn vorausgesetzt, ein Typ gefällt mir, lasse ich in diesen Fällen die vorgeschriebene Empörung vermissen.

Hin und wieder, und hiermit erreiche ich den Kern der Aussage, spüre ich einen verhaltenen Klaps auf meinen Allerwertesten. Das ist zwar der Gipfel der Unverschämtheit, aber ich muss mir Mühe geben, überhaupt ein tadelndes Gesicht zu ziehen, denn in Wahrheit empfinde ich ihn nicht nur als angenehm, sondern wünsche mir, der Kerl brächte den Mut auf, mir richtig einen hinten drauf zu geben. Das darf ich natürlich nicht sagen und so warte ich seit Jahren vergeblich darauf, dass meine Schinken einmal von kräftiger Männerhand ordentlich durchgeklopft würden.

Achtung, nun beginnt mein angekündigtes Erlebnis.

Eine Frau allein in einer Bar gilt allen über Bord geworfenen Konventionen zum Trotz als eine Art Freiwild. Unser modernes Strafrecht verbietet Männern, sie offen anzumachen, aber die geschilderte Situation lässt Vertreter des angeblich starken Geschlechts immerhin hoffen. Bei den beiden Exemplaren, die mit lediglich einem Hocker Schicklichkeitsabstand neben mir die Bar belagerten, hegte ich indes keine Hoffnung, dass sie anbeißen würden – zu sehr rochen sie nach einem Schwulenpaar. Eine Frau spürt so etwas, das dürft Ihr mir glauben. Dass sie recht gut aussahen und ihr Gespräch in gepflegter Artikulation verlief, verstärkte den gewonnenen Eindruck. Soweit ich mitbekam, entschlüpfte ihren Lippen kein einziges obszönes Wort und von Großmannsgetue war keine Spur. Ich versichere Euch, Kerle, dass eine halbwegs kultivierte Frau das zu schätzen weiß.

Welches Schlüsselwort es war, dass ich eine kurze Bemerkung zu den beiden 'rüberwarf, weiß ich nicht mehr, aber plötzlich entspann sich ein Gespräch über Literatur und Musik. Nicht ein Wort fiel über das Verhältnis von Frauen zu Männern oder gar ein offenes über Sex, und dennoch knisterte es zwischen uns vor Spannung. Um der Gefahr zu entgehen, dass sich ein ungehobelter Klotz zwischen uns zwängen würde, rutschte der links sitzende Conny neben mich und ich wechselte zwischen ihn und den rechts sitzenden Kalle.

Nachdem wir uns ausgiebig über den Wert und Unwert von heavy metal und Schlager unterhalten hatten und darüber, ob während des Dritten Reichs Thomas Mann als Exilant oder Erich Kästner als Hiergebliebener der Glaubwürdigere gewesen und unser Bier geleert war, entstand eine kurze Pause, die peinlich zu werden drohte, sollte sie sich ungebührlich ausdehnen. Ich beschloss deshalb, in die Offensive zu gehen. „Schade, ihr Zwei, dass ihr mit mir gar nichts anzufangen wisst."

Kalle sah mich von der Seite an. „Als Gesprächspartnerin sicher; das hast du ja gemerkt."

Conny griff hingegen den Sinn meiner Aussage auf. „Als Katalysator schon."

„Wie meinst du das?"

„Noch drei?" unterbrach der Wirt grob unsere sich zart entwickelnden Bande.

„Klar. Auf mich, Beule." Conny war anscheinend gewillt, den Rettungsring zu ergreifen, den ich ihm zugeworfen hatte. Er sah mir nunmehr intensiv ins Gesicht. „Du hast ja erkannt, was wir sind. Nun ist es so, dass Abwechslung das

Leben süß macht. Dazu kann durchaus ein flotter Dreier mit einem weiblichen Wesen zählen."

„Soso. Wie stellt ihr euch das vor?"

Der bisher skeptische Kalle schien nach und nach ebenfalls aufzutauen. „Naja, Appetit holen. Das Menü wird natürlich weiterhin verzehrt wie gewohnt."

Auf meinen Wunsch hin trafen uns zunächst auf neutralem Boden, nämlich in gemieteten Hotelzimmern. Conny und ich hatten als vorgebliches Paar ein Doppel- und Kalle ein direkt daneben liegendes Einzelzimmer gebucht, das sich natürlich auch als Doppelzimmer entpuppte und zur Einzelnutzung registriert war. Die beiden Räume verband eine Tür, für die wir uns den Schlüssel hatten geben lassen. „Wenn ihr's miteinander treibt, möchte ich nicht unbedingt zugucken", bestimmte ich, „insofern ist das Arrangement perfekt. Jetzt möchte ich wissen, was ich für euch tun kann."

Conny musterte meine Unterpartie, die aufreizend von gut sitzenden Jeans verhüllt war. Darüber wallte ein kleidlanges Hemd. „Drehst du dich bitte um?"

Ich gehorchte. Der Mann hob mit seiner linken Hand das Hemd auf der rechten Seite über die Hüfte und haute mit seiner Rechten kräftig auf die bisher darunter verborgene stoffbespannte Rundung. Während ich ihn nachdenklich musterte, wiederholte Kalle den Vorgang seitenverkehrt.

Auch dieser Treffer landete perfekt und knallte herrlich. Ich war am Ziel meiner Wünsche! Wie sollte ich das elegant ausdrücken, ohne mich vollkommen zu verraten? „Aha. Conny, du bist Rechts- und du, Kalle, Linkshänder."

Beide sahen mich erleichtert an. „Du bist uns nicht böse?"

„Naja, Spanking ist ein bisschen anrüchig, aber wenn alle einverstanden sind, gibt's daran nichts auszusetzen. Macht ihr das bei euch auch?"

„Weniger. Weißt du, Männerärsche sind nicht so üppig, bei aller Zuneigung, die wir füreinander empfinden."

„Aha, ich habe also einen dicken Hintern."

„Einen appetitlichen, keinen dicken. Das ist ein feiner, aber wichtiger Unterschied."

In einem hellhörigen Hotelzimmer sollten Gäste nicht allzu viel Lärm verursachen; deshalb blieb es diesmal bei den beiden Klapsen. An Ort und Stelle vereinbarten wir lediglich die Modalitäten: Keine Verletzung oder Blut. Das heißt flache Hand, Fliegenklatsche, Haarbürste oder Paddel genehmigte ich und sonst nichts.

Zur gründlichen Durchführung unserer Aktivitäten ließ ich mich in die Bleibe der beiden komplimentieren. Es handelte sich dabei um eine prachtvolle Penthauswohnung, die mein erstes Gefühl, dass in dem Männerhaushalt reichlich Geld vorhanden war, bestätigte. Vor allem waren wir hier ungestört.

„Hör' mal, du brauchst dir keineswegs umsonst von uns den Hintern versohlen zu lassen; es liegt durchaus eine großzügige Bezahlung drin", eröffnete mir Conny. Ich war noch in den Anblick der Designermöbel und der modernen, aber geschmackvollen Gemälde an den Wänden vertieft, sodass ich nicht gleich antwortete. Erst nach einer Weile drang der Sinn seiner Worte in mein Bewusstsein. „Was sagst du? Ach so, naja, das sehen wir im Anschluss. Zunächst erinnere ich euch an die Bedingungen, mit oder ohne Bezahlung."

„Das geht klar. Wir haben übrigens einen kleinen Imbiss vorbereitet." Kleiner Imbiss war gut. Markensekt, Kaviar, Lachs, Roastbeef und auch alles andere vom Feinsten – ich durfte mich nicht beklagen. Ich gehöre auch nicht zu den Armen im Lande, aber das gönne ich mir in dieser geballten Zusammensetzung selten. Für Conny und Kalle galt wahrscheinlich das gleiche, aber heute war ja ein besonderer Tag.

Endlich sprach Conny den Anlass meines Besuchs an. „Du hast ein schönes luftiges Kleid an. Hast du ein Höschen drunter?"

„Ja. Manche mögen es, da drauf zu hauen. Wir hatten versäumt, das abzumachen. Wenn es stört, ziehe ich es aus."

„Ich hatte eher auf einen knackengen Spankingrock gehofft", meldete sich Kalle zu Wort.

„So einen habe ich in der Tasche, allerdings keinen mit ausgeschnittenem Arsch. Auf Latex knallt's viel besser als auf nackte Haut. Wenn ihr die wollt, bücke ich mich lieber über ein Sideboard und ihr schiebt das luftige Kleid hoch." Ich sah, dass beide zu sabbern begannen. Euch macht eine Frau sehr wohl an, dachte ich belustigt. Mal sehen, ob ich euch nicht doch 'rumkriege …

Das Vorgeplänkel bestand in der Wiederholung des Hotelzimmergepatsches, nur nicht mit Hemd und Jeans, sondern mit Kleid und Slip. Auch diese Variante klatschte recht anregend. Dann läutete Kalle die erste Spielrunde ein.

„Wie wär's mit Schulmädchen, das seine Hausaufgaben nicht gemacht hat?" schlug er vor. „Als Strafe sind Stockhiebe bestimmt – auf dein hübsches Kleid zum Aufwärmen."

„Okay. Fehlt nur das Klassenzimmer."

„Da muss unser Büro als Ersatz herhalten, Nicole. Kommst du mit?"

Ein richtiger Ersatz war es nicht. Eine Art Konferenztisch war vorhanden, um den sich einige Freischwinger gruppierten. Auf einen von denen kniete ich mich und stützte mich mit meinen Ellenbogen auf dem Tisch ab. Meine Unterschenkel schob ich unter der Rückenlehne des Stuhls durch. Dieser rollte zwar nicht, aber rutschte weg, wenn ich gegen die Unterlage meiner Arme drückte. Es hieß folglich stillhalten.

„Schülerin Nicole", deklamierte Conny, „erkläre mir, warum du deine Hausaufgaben nicht gemacht hast."

„Ich hatte keine Lust", erwiderte ich mit weinerlicher Stimme.

„Das verschlimmert natürlich deine Lage, denn Zeit hast du offenbar gehabt. Du hast eine Chance, deine Strafe abzumildern, indem du versprichst, dich in Zukunft brav an deine Aufgaben zu setzen."

„Das verspreche ich, Herr Lehrer."

„Na gut, dann lasse ich es bei 20 Hieben bewenden, zehn auf jedes deiner zur Sühne bestimmten Körperteile."

„Danke, Herr Lehrer."

Das Lineal, mit dem das pädagogische Personal früher seine erzieherischen Maßnahmen in Form von ‚Stockhieben' durchzuführen pflegte, hatte ich ebenfalls akzeptiert. Während das für den Mathematikunterricht vorgesehene Ausstattungsstück wechselweise meine Backen beglückte, spürte ich eine wohlige Wärme zu meiner vorderen Lustgrotte vordringen. Weisungsgemäß bettelte ich zwar nach jedem Streich: „Au, aua, bitte nicht mehr schlagen, Herr Lehrer", aber meine wahren Gefühle sprachen dem Hohn.

Kalle äußerte den Wunsch, eine wissenschaftliche Untersuchung der akustischen Art anzustellen, wie viele Dezibel einer auf einen prall gefüllten Latexrock auftreffende Hand zu entlocken seien. Ich bückte mich über den Schreibtisch und hatte das Vergnügen, während der Züchtigung mein Konterfei betrachten zu dürfen, denn vor dem Teil hing an der Wand ein Spiegel, der bis zur Decke reichte. Sah sich einer der beiden so gern selbst beim Arbeiten zu?

Eine leichte Grimasse begleitete jeden der Schläge, obwohl auch die nicht wirklich wehtaten. Ich fand mein Mienenspiel geil und beschloss, mir hin und wieder vor dem Spiegel in meinem Bad mit dem Kochlöffel einzuheizen, um das Vergnügen beliebig oft zu wiederholen. Möglicherweise würde ich während meiner Selbstbestrafung einen Abgang ohne weitere Stimulation erleben, stellte ich mir in dieser Pose vor. Beinahe enttäuscht erhob ich mich, als die 20 dieses Programmpunkts durch waren und ich zur nächsten Aktion geführt wurde.

„Ist alles gut?" fragte Conny mitfühlend. „Brauchst du eine Pause? Oder hast du genug?"

„Nein, alles bestens." Aus dem Augenwinkel sah ich, dass er Kalle einen Kuss gab, aber, wie ich meinte, keinen besonders leidenschaftlichen. Seine Blicke irrlichterten immer wieder zu mir und meinen entblößten Schenkeln herüber.

Die Schmerzintensität steigerte sich allmählich. Nach Entfall der Oberbekleidung ging es auf die Unterwäsche, die ungebremstes Handauflegen in deutlich geringerem Maß abfing. Ich hatte jedes mitzuzählen und mich dafür zu bedanken. WACK – „eins, danke für die Prügel"; WACK – „zwei, danke für die Prügel"; WACK – „drei, danke für die Prügel" und so weiter bis wiederum 20.

Conny zeigte sich begeistert. „Deine Haut ist jetzt genauso rosa wie dein …, äh …"

„Was meinst du, warum ich die Farbe gewählt habe?"

Obwohl mir Conny und Kalle nach jeder Runde aufzuhören freistellten, machte ich bis zur finalen mit. Die bestand darin, dass ich mich, im Beckenbereich gänzlich frei, Kalles Haarbürste stellte. Ich lag auf dem Bett, ein Kissen unter meiner liebsten Freundin, und streckte den Po in die Höhe, um dem Folterinstrument eine bequeme Landefläche zu bieten. Da fiel mir etwas ein. „Eine Bitte habe ich."

„Welche, Nicole?"

„Gebt ihr mir einen Handspiegel? Ihr als Schwule habt doch sicher einen."

„Klaro. Für diese Bemerkung verdienst du allerdings eine ordentliche Abreibung."

„Die kriege ich doch sowieso. Was soll's also?"

Beide lachten herzlich und Kalle legte los. Jedes Mal, wenn die Bürste auftraf und wirklich peinigte, versöhnte mich der Anblick meines Gesichts, das sexy zusammenzuckte, mit den Schmerzen. Dass sich meine Hände krampfartig ballten, konnte und wollte ich nicht unterdrücken.

Dann war unsere Sitzung beendet und ich spürte, dass die Herren nunmehr unter sich sein wollten, um …

Eine Bezahlung lehnte ich ab, sagte aber einem opulenten Abendessen zu, das die beiden mir zu einem späteren Zeitpunkt zu kredenzen versprachen. Ich packte alles ein, was ich mitgebracht hatte, verabschiedete mich mit Kusshändchen und steuerte mein unweit geparktes Auto an.

Und nun, denkt Ihr, ist das angekündigte Erlebnis zu Ende? Von wegen!

Die Spankingparty hatte am Samstagnachmittag stattgefunden. Als ich im vergehenden Tageslicht in meinem Feierabendsessel saß, fühlte ich mich wohl wie seit Langem nicht mehr, obwohl mir der ultimative Kick irgendwie gefehlt hatte.

Meine verlängerte Rückenpartie kühlte allmählich ab und ich überlegte, ob ich ein Buch zur Hand nehmen sollte, war mir aber der Sinnlosigkeit dieses Unterfangens bewusst, denn ich wäre mich zu konzentrieren kaum in der Lage. Einen Tee zubereiten? Als ich mich erhob, um diesen Plan in die Tat umzusetzen, klingelte es. Wer um alles in der Welt mochte das sein? Ich linste durch das Guckloch und sah …

„Conny, welch' Überraschung! Komm' 'rein." Natürlich hatte ich dem Paar meine Anschrift hinterlassen, da ich ihre ja auch wusste.

„Weißt du, ich habe Kalle vorgegaukelt, ich ginge noch auf ein Bier in die Kneipe ums Eck." Beinahe verlegen trat er in mein Reich und sah sich um. „Alle Achtung! Jetzt ist mir fast peinlich, dass wir dir Geld angeboten haben."

Ich lächelte. „Braucht's nicht. Was kann ich für dich tun?"

Jetzt wurde er erst recht verlegen. „Ich …; naja, ich wollte wissen …"

„Nun?"

„Ob's dir hinten noch warm ist?"

„Bitte!" Ich drehte mich um, ließ meine Pyjamahose fallen und präsentierte meinem Galan die Restglut meiner Rückleuchten. Die Spannung an einer bestimmten Stelle seiner Hose nahm ich amüsiert wahr. „Weiter?" fragte ich provokativ.

„Kann ich …; darf ich …?"

Ich trat vor den Sessel, der bis eben einem anderen Zweck gedient hatte, platzierte meine Hände auf der Sitzfläche,

spreizte die Beine und sagte: „Zur gefälligen Bedienung!"
Ein bisschen bi schadet nie, dachte ich. Ob er ...?

Ja, Conny machte ernst. Ich bin ziemlich lang geraten und die Höhe meiner Paradiesöffnung passte zu seiner eher zurückhaltenden Konfektionsnummer. Diese tat indes der Kraft seiner Stöße keinen Abbruch und ich fühlte mich bemüßigt, zunächst zu schnurren und ab dem dritten Erguss zu kichern und zu stöhnen, bevor sein bestes Stück nach dem vierten erschlaffte und sich unter Dankesbezeugungen zurückzog. Tief durchatmend erhob ich mich und begab mich ‚unten ohne' ins Bad, um mich zu säubern. „Ich mach' uns gleich einen Tee", rief ich ihm um die Ecke zu. Als ich zurück ins Wohnzimmer kehrte, um mein Versprechen zu erfüllen, klingelte es erneut.

„Scheiße", sagte ich, „sicher mein Freund. Das ist allerdings unangenehm."

Conny sah sich erschrocken um. Wie suggeriert ist er kein Muskelprotz und der Gedanke an eine eventuelle Schlägerei war ihm sehr unangenehm. „Renn' durchs Esszimmer zur Balkontür", riet ich ihm, „und verschwinde durch den Garten. Ein paar Sekunden bleiben dir, ohne dass die Verdacht erwecken."

Ich hörte, wie sich der Hebel bewegte, und spürte den Lufthauch, der den offenen Durchgang zur Terrasse signalisierte. Ich zog die Pyjamahose wieder an und dachte: Hm, einmal die Muschi zufriedengestellt. Vielleicht, wenn sich meine Vermutung als wahr herausstellt, wer jetzt Einlass begehrt, langt's für eine zweite Fütterung. Ich habe nämlich keinen Freund, um die Wahrheit zu beichten.

Ich öffnete. „Kalle, welche Überraschung! Was führt dich zu mir?"

„Ich ..., äh, ich ..."

Ich bemühte mich, mein triumphierendes Grinsen in ein verheißungsvolles Lächeln umzubiegen. „Komm' 'rein!"

Duell um Helena

Handelnde Personen

Erzähler	Kann ein Mann sein, geht aber auch mit Tonkonserve
Volk	Vielstimmiges Gebet aus Tonkonserve
Priamos	König von Troja (Greis)
Anténor	Weiser von Troja (Greis)
Hektor	Ältester Sohn Priamos'
Paris	Zweiter Sohn Priamos'
Idaios	Herold (Bote)
Agamemnon	König der Griechen
Menelaos	Sein Bruder, Kämpfer und Held
Odysseus	Griechischer Held
Helena	Tochter von Hera und Zeus und schönste Frau der Erde
Daphne und Niobe	Zwei Dienerinnen Helenas
Aphrodite und Iris	Göttinnen; können von einer Darstellerin verkörpert werden

Hinter leichtem Nebel zeichnen sich zwei Menschenansammlungen ab, die durch Kopfkulissen symbolisiert werden. Die linke stellt das trojanische Heer dar, das wie ein aufgescheuchter Vogelschwarm lärmt, während die rechte, das griechische Heer, sich ruhig und diszipliniert verhält.

Der Nebel verzieht sich.

Von links tritt Paris auf die Bühne. Er trägt ein Vlies aus Leopardenfell und einen Schulterpanzer; bewaffnet ist er mit einem Schwert und zwei metallspitzenbewehrten Lanzen. Die schwenkt er siegessicher.

Paris: Ihr Griechen, stellt euch zum Kampf!

Von rechts schreitet Menelaos in voller Rüstung schnell auf die Bühne.

Menelaos: Kein Löwe, dem größere Beute winkt, könnte sich mehr freuen. Dich, Paris, dich Frevler will ich schon lange strafen.

Paris dreht sich erschrocken um und taucht schnell wieder in der Menge unter. Statt seiner tritt Hektor auf.

Hektor *an die Menge gewandt*: Nur äußerlich ein Held und liebestoller, schlauer Verführer, wünsche ich dir, Paris, du wärst nie geboren oder wenigstens schon gestorben, bevor du um das weibliche Geschlecht zu buhlen begannst. Das wäre heilsamer denn nun vor allen als Gespött dazustehen. Die lockenköpfigen Griechen, die dich bisher wegen deiner schönen Gestalt und deiner umfassenden Bildung achteten, werden Gelächter erheben, weil in dir weder Mut noch Kraft wohnen. Du möchtest nicht vor Atreus' Sohn stehen, weil du ihm seine Frau geraubt hast. Wenn du dich bald im Staub wälzst, werden dir weder das Saitenspiel Aphrodites noch dein Haar noch dein tadelloser Wuchs etwas nützen.

Paris wird wieder sichtbar. Er begibt sich vorsichtig an seines Bruders Hektor Seite.

Paris: Wegen Aphrodites goldenen Gaben beschimpfe nicht mich, denn die willkürlich verteilten der unsterblichen Götter dürfen nicht abgelehnt werden. Wenn du mich kämpfen zu sehen begehrst, dann handle einen Waffenstillstand zwischen Trojanern und Griechen aus und lass' mich gegen Menelaos um Helena duellieren. Wer von uns der Stärkere ist und siegt, der soll Helena als Gattin nach Hause führen und dem soll all' ihr Besitz gehören. Du hast Freundschaft und den heiligen Bund beschworen, auf Trojas fruchtbaren Böden anzubauen und die Griechen auf ihren Schiffen zu ihren Pferdekoppeln und Frauen nach Hause zu schicken.

Hektor freut sich sichtlich über diese Rede. Im Hintergrund brandet von links Lärm auf, von tausenden Stimmen

hervorgerufen. Hektor wendet sich mit quer vorgehalte-
nem Speer an die Trojaner, um sie zu stoppen. Auf der
anderen Seite tritt Agamemnon hervor.

Agamemnon: Haltet inne, Hellenen, und ihr ebenso, Trojaner, und hört, was der Held Hektor zu sagen wünscht.

Der Hintergrundlärm ebbt ab.

Hektor: Hört mir zu, dunkle Trojaner und hell gerüstete
Griechen! Mein Bruder Paris, der Grund des Krieges
ist, fordert, dass Schwerter zu Pflugscharen werden
sollen. Er allein wird vor das Volk und den streitbaren
Menelaos treten, um sich mit diesem um Helena und
ihren gesamten Besitz zu duellieren. Wer Sieger ist,
dem wird alles gehören und der wird Helena als Gattin
nach Hause führen. Damit sei der Krieg beendet. Wir
anderen wollen unsere Freundschaft mit heiligen Opfergaben besiegeln.

Menelaos: Unter einer Bedingung bin ich einverstanden.
Diese lautet: Die feierlichen Opfer unseres Bündnisses
sollen von Priamos und nicht von seinen treulosen
Söhnen beschworen werden.

Erzähler: Hektor beordert eilig zwei Gesandte nach Troja,
damit Priamos gerufen und die Lämmer gebracht
würden. Agamemnon seinerseits schickt seinen Herold
Thaltybios zu den Schiffen, um von dort das Lamm zu
holen. Der tut umgehend wie ihm geheißen.

Die Menschenansammlungen im Hintergrund werden ent-
fernt. Ein Sessel wird auf die Bühne geschoben. Helena
erscheint mit Stoff in der Hand, setzt sich auf den Sessel
und vollführt Strickgesten.

Erzähler: Helena webt ein Doppelgewand. Gewänder
bestehen sowohl für Frauen als auch für Männer aus
länglich-viereckigem Gewebe. Der Chiton, zu Deutsch
der Leibrock wird so um den Körper gewunden, dass
eine Seite frei bleibt und auf der geschlossenen der
Arm durch ein Loch ins Freie dringt. Auf der offenen
Seite wird das Kleidungsstück durch eine Spange oder

einen Knopf an der Schulter befestigt. Zum Sichtschutz wird um die Hüfte ein Band oder ein Gurt gewunden. Durch Aufwärtsziehen kann die Trägerin oder der Träger das Gewand beliebig verkürzen. Vor allem Frauen und Kindern werden diesem Chiton kurze oder lange Ärmel hinzugefügt. Sklaven und Männer niedrigen Standes behalten den rechten Arm und die Hälfte der Brust frei.

Ein Doppelgewand ist um eine äußere Hülle von etwa 1½ Körperlängen erweitert. Der überschüssige Stoff wird vom Hals abwärts über Brust und Rücken nach außen umgeschlagen und die beiden offenen Ecken werden über einer Schulter zusammengenestelt. Das Ganze besteht aus Wolle, die die Dorier bevorzugen, oder Leinen, das vor allem die Jonier verarbeiten.

Das Gewand, das Helena gerade erschafft, ist hell und zeigt pferdezähmende Trojaner und Griechen, die wegen Ares' Wüten zum Tragen ihrer Panzer gezwungen sind. Ares, als Sohn von Hera und Zeus, ist der Gott des blutrünstigen Schlachtengetümmels, während Athene die Göttin des geordneten Krieges ist.

Von links betritt die Götterbotin Iris die Szene.

Iris: Komm', trautes Kind, damit du seltsame Dinge zu schauen bekommst. Die eben noch wild aufeinander einschlugen und sich zur endgültig vernichtenden Feldschlacht zusammengerottet hatten, haben sich plötzlich der Ruhe besonnen und den Krieg beendet. Sie haben ihre Lanzen und Speere in den Boden gerammt und lehnen auf ihre Schilde und stützen sich auf ihre Schwerter, um Paris und dem streitbaren Menelaos zuzusehen. Die beiden allein werden um dich mit ihren Lanzen kämpfen und wer siegt, dessen Gemahlin wirst du sein.

Erzähler: Nach Iris' Rede ergreift Helenas Herz wallende Sehnsucht nach ihrem ersten Gemahl, ihrer Vaterstadt und den griechischen Gefilden.

Helena wirft sich schnell einen Schleier aus silbern glänzendem Leinen über und verlässt eilends mit Tränen in den Wimpern nach links ihre Kammer. Bevor sie verschwindet, tauchen von rechts die zwei Dienerinnen Daphne und Niobe auf und folgen ihrer Herrin auf dem Fuß.

Der Sessel wird entfernt. Im Hintergrund tauchen menschliche Köpfe auf, die Zuschauer darstellen. Im Vordergrund wird eine Tribüne mit echten Sitzen platziert. Dort sitzen Priamos und der verständige Greis Arténor.

Erzähler: Auf der Ehrentribüne haben sich mittlerweile Pantheos neben Thymötes, Lampos und Klythios, Ares' Sohn Hiketaon und die einvernehmlichen Helden Anténor und Ukálegon eingefunden. Außerdem sitzen die ältesten Greise des Volkes auf dem skaiischen Thron.

Helena tritt hinzu und bleibt abwartend vor Priamos stehen.

Priamos *zu ihr gewandt*: Niemand soll die Trojaner und die Griechen tadeln, dass sie sich wegen einer solchen Frau ins Elend stürzten. Dein Aussehen gleicht dem einer unsterblichen Göttin. Dennoch ist es besser, du kehrst auf den Schiffen deines Volkes in die Heimat zurück, um uns und unsere Söhne vor weiterem Schaden zu bewahren.

Komm', meine Tochter, lass' dich neben mir nieder, damit du deinen ersten Gemahl und Freunde und Verwandte gut sehen kannst. *Helena lässt sich nieder.* Nicht du trägst die Schuld, sondern die unsterblichen Götter, die mir den Krieg gegen die Griechen aufgehalst haben.

Nenn' mir den Namen des prächtigen Mannes, der deutlich und groß aus den Danaern herausragt. Zwar gibt es einige Krieger im Heer, die ihn überragen, aber an Schönheit, edler Gestalt und königlichem Auftreten vermag es keiner mit ihm aufzunehmen.

Helena: Ich empfinde Ehrfurcht vor dir, teurer Schwieger-vater, und Furcht. Es wäre besser gewesen zu sterben als Heimat, Freunde, Gespielinnen und mein eigenes Kind zu verlassen und deinem Sohn zu folgen. Ich tat es aber und deshalb fort mit den Tränen! Wonach du fragst, das werde ich dir beantworten.

Der dort ist Atreus' Herrscher über die Griechen, Aga-memnon. Er ist sowohl König als auch tapferer Streiter, vordem mein Schwager – vor der schändlichen Entfüh-rung. Ja, er war mein wirklicher Schwager.

Priamos *laut***:** Bei allen Göttern, was für ein Gesegneter, im Glück Geborener! Deiner Gewalt dienen unzählige Männer Griechenlands! Einst zog ich selber nach Kleinasiens Rebengebiet, wo sich mein großes Heer Berittener mit Otreus' Volk, den Phrygiern und dem gottähnlichen Mygdon zusammentat, mit denen ich gegen die Amazonen kämpfte. Allerdings waren wir weniger als die Krieger Griechenlands.

Beugt sich vor. Da gewahre ich einen weiteren auf-fälligen Kämpfer. Nenn' mir auch dessen Namen, Töchterchen. Er ragt weniger heraus als das Haupt von Atreus' Sohn Agamemnon, aber sein Wuchs ist breiter und seine Schultern sind mächtiger. Sein Panzer streckt sich bis zur nahrungbringenden Erde, doch er selbst umkreist die aufgereihten Männer wie ein Widder. Sein dickes Vlies erscheint mir wie eine Herde weißschimmernder Schafe.

Helena: Das ist Laërtes' Sohn, der einfallsreiche Odys-seus, der in Ithakas Reich aufwuchs, dem felsigen Eiland, das ihn zu List und Klugheit erzog.

Anténor: Du sagst die Wahrheit, Helena, denn der edle Odysseus kam unlängst in Begleitung des Menelaos hierher, um deinetwegen zu verhandeln. Ich beher-bergte und bewirtete beide in meinem Palast; des-wegen ist mir ihre Gestalt und bedachtsamer Geist be-kannt.

Und wer ist jener Grieche, ein Mann von solch' gewalti-
ger Größe, dass er das Volk um einen Kopf überragt?

Helena: Das ist Ajax, der Held und Rückhalt für die Hellenen. Nun seh' und erkenn' ich all' die freudigen Krieger
Griechenlands, soweit ich ihre Namen weiß und sie
nannte. Nur zwei finde ich nirgends im Gewimmel:
Kastor, den umtriebigen Helden und Faustkämpfer,
und Polydeukes. Beides sind Brüder von mir, von derselben Mutter geboren. Folgten sie dem Heer etwa
nicht aus den lieblichen Fluren Lakedaimons, oder folgten sie zwar über die See, enthalten sich aber nun der
Schlacht, weil sie sich durch meine Schande und dem
Vorwurf, der mich belastet, haben abschrecken lassen?

Erzähler: Als Helena das sagte, bedeckte die beiden bereits die fruchtbare Erde ihres Vaterlandes Lakedai-
mon.

*Idaios zieht mit den Opfergaben vor die Tribüne: Zwei
Lämmer, symbolisch als große und kleine Wollknäuel mit
Hörnern dargestellt, und Wein in einem Schlauch zieht er
mit einer Hand auf einem Karren hinter sich her. In der
anderen trägt einen blinkenden Krug und goldene Becher.*

Idaios: Mach' dich auf, Laómedons Sohn, denn die berit-
tenen Trojanerfürsten und die gepanzerten Griechen
rufen dich hinunter in die Arena, um den heiligen Bund
zu beschwören! Nur Paris allein und der streitbare Held
Menelaos werden jetzt um die Schönheit neben dir mit
der langen Lanze kämpfen; wer siegt, dem wird sie
samt ihrem Besitz folgen. Wir werden, nachdem wir
den heiligen Bund und die Freundschaft beschworen
haben werden, auf der Scholle Trojas üppig anbauen
und jene sich über das Meer zu ihren Pferdekoppeln
und rosigen Frauen heimwärts einschiffen.

*Priamos nickt, verlässt kurz den Schauplatz und kehrt in
einem pferdebespannten Einachser zurück, dessen Zügel*

er hält. Anténor steigt in den den Wagen und beide verlassen die Bühne.

Die Tribünenkulissen werden fortgetragen. Im Hintergrund erscheint wieder eine Menschenmenge als Kopfsilhouetten. Priamos und Anténor erscheinen erneut in ihrem Einspänner. Als sie ihm entsteigen, wird die Menschenmenge höher gefahren. Das wirkt, als erhöben sich alle von ihren Plätzen.

Priamos und Anténor winken der Menge zu. Anténor tritt ab und wird durch Agamemnon ersetzt. Währenddessen ist Idaios mit Karren, Krug und Bechern eingetroffen. Priamos und Agamemnon wenden sich ihm zu. Idaios entnimmt dem Karren einen Krug mit Wasser und besprengt den beiden Königen die Hände.

Menelaos tritt auf, holt ein Lamm aus dem Karren, schneidet ihm ein Haarbüschel ab, teilt es und übergibt jedem König eine Hälfte.

Priamos: Das ist das Zeichen, dass beide Seiten zu gleichen Teilen an Festmahl und Vertrag beteiligt sind.

Agamemnon *erhebt seine Hände und fleht laut*: Ruhmreicher Vater Zeus, Herrscher über Himmel und Erde, der alles hört und alles sieht, auch über Land und Flüsse herrscht und die Geister Verflossener bestraft, die einst Meineide schworen, sei du und seien alle Götter Zeugen unseres Bundes! Sollte der Held Menelaos von Paris besiegt werden, behalte er Helena und alle ihre Besitztümer und wir kehren auf unseren Schiffen über das Meer heim. Sollte jedoch Paris unter dem Schwert des dunklen Menelaos fallen, dann geben die Trojaner Helena und ihren Besitz heraus und bezahlen darüber hinaus den Griechen eine angemessene Buße und bis zu ihren Enkeln Tribut. Sollten sich Priamos und seine Söhne weigern, nach dem Fall des Paris Buße und Tribut zu zahlen, werde ich erneut zum Kampf rufen und wir werden nicht vorher wieder abziehen, bis der Zweck des Krieges erreicht ist.

Er schneidet mit seinem scharfen Schwert den Lämmern die Kehle durch, denen eine rote Flüssigkeit austritt. Dann legt er sie, während sie noch zappeln, wieder in den Sand, damit diese dort ihre Lebenskraft aushauchen. Danach füllt Idaios Wein aus dem Schlauch zunächst in den Krug und schenkt ihn daraus in die goldenen Becher. Die Könige gießen ihren Inhalt aus und flehen dabei die Unsterblichen an.

Priamos und Agamemnon *im Chor*: Ruhmreicher Vater Zeus und ihr anderen Götter! Wer von uns zuerst den Schwur bricht, dessen Gehirn fließe blutig ins Erdreich wie der Wein hier. Dessen Kinder erwarte dasselbe Schicksal und dessen Frauen sollen von Fremden geschändet werden.

Volk: Doch mitnichten sei das Kronos gewährt, dem Mörder seiner Kinder außer Vater Zeus.

Priamos: Hört mein Wort, Trojaner und Hellenen! Ich werde mich nun zurück zu Trojas luftigen Höhen begeben, denn es ist mir unmöglich, anzuschauen, wie hier mein eigener Sohn gegen den streitbaren Menelaos kämpft. Zeus und seine Unsterblichen allein wissen, wer von beiden des Todes sein wird.

Darauf legt er die Lämmer in den Prachtwagen, besteigt ihn mit Anténor, übernimmt die Zügel und lenkt ihn rasch Richtung Troja. Agamemnon zieht sich in den Hintergrund zurück. Auch Idaios tritt samt Karren, Krug und Bechern ab.

Hektor und Odysseus treten auf, messen die Arena aus, werfen das Los in einen Helm und schütteln ihn, gespannt, wem das Schicksal gönnen würde, als Erster auf den Gegner die Lanze schleudern zu dürfen.

Volk *betet*: Ruhmreicher Vater Zeus, Herrscher über die Erde! Wer von beiden den Grund zu diesem Streit gelegt hat, den vernichte jetzt und lasse ihn in Hades' Wohnung einziehen; uns erneuere dann die Freundschaft und das heilige Bündnis.

Während des Gebets schüttelt Hektor den Helm, mit dem Rücken zum Volk. Dann zieht er das Los.

Hektor: Paris hat den ersten Stoß.

Paris tritt von links auf und schützt seine Beine mit schönen, blanken Schienen; dann seine Knöchel mit silbernen Gamaschen und legt den rings um den um seine Brust reichenden Panzer den eisernen Harnisch seines tapferen Bruders Lykàon an, der ihm passt. Um seine Schultern hängt er das gewellt geschmiedete Schwert und den großen und gediegenen Schild. Sein Haupt bedeckt er mit einem stattlichen Helm, auf dem der Helmbusch aus Rosshaaren beeindruckend rauscht. Zuletzt ergreift er die mächtige Lanze, die ihm gut zur Hand liegt.

Menelaos auf der rechten Seite staffiert sich ebenso aus.

Beide wandeln zunächst durch die Reihen ihrer Heere, bevor sie sich in der Arena in passendem Abstand voreinander aufbauen. Zornig schütteln sie ihre Speere, bevor Paris seinen ersten Stoß vollführt.

Die Lanze trifft Menelaos' Schild in dessen Wölbung, durchbricht aber nicht das Material, sondern kommt so schräg auf, dass sich ihre Spitze verbiegt.

Menelaos *erhebt seine Lanze und betet laut*: Herrlicher Zeus, lass' ihn mich strafen, denn er hat mich zuerst beleidigt. Lass' meinen Arm Paris, den Helden, bezwingen, dass er bis zu seinen spätgeborenen Enkeln geächtet sei, der seinem Freund, der ihm Zuneigung und Gefälligkeit angeboten hatte, Böses tat.

Mit heftigem Schwung wirft er die federnde Waffe. Auch sie trifft den gegnerischen Schild in dessen Wölbung, aber gerade auf, zerschmettert ihn und dringt in das Geschmeide des Harnischs. Infolgedessen zerreißt Paris' Gewand am Weichteil des Bauchs. Paris weicht zurück, doch Menelaos stürmt vor und schlägt mit seinem Schwert auf dessen Helm ein, allerdings so heftig, dass das Schwert in seiner Rechten zersplittert.

Menelaos *wehklagend*: Vater Zeus, keiner deiner Götter gleicht dir an Grausamkeit! Ich hoffte, Paris' Untat zu strafen, aber du ließest mein Schwert scheitern und die Lanze vergebens verschwenden, da sie ihn nicht verwundete.

Er stürmt auf Paris zu, packt ihn am Helm und zerrt ihn hinter sich der hellenischen Streitmacht entgegen. Paris wird durch den straff gespannten, bunten Riemen gewürgt, mit dem sein Kopfschutz am Kinn befestigt ist. Menelaos hätte Paris zu Tode geschleift und seinem Ruhm Ewigkeit verliehen. Da tritt Aphrodite, Zeus' Tochter, auf, sprengt den Riemen ihres angeschlagenen Schützlings und hinterlässt den Helm leer in Menelaos' Händen, der diesen zornig den griechischen Kämpfern entgegenschleudert.

Von neuem stürmt Menelaos los, um seinem Widersacher mit dem Speer endgültig den Garaus zu machen. Aber Aphrodite nutzt ihre göttlichen Fähigkeiten, umhüllt Paris mit Nebel und lässt ihn verschwinden.

Alle verlassen die Bühne. Der Sessel, der Helenas Kammer markiert, wird wieder aufgestellt, außerdem eine Kommode mit einem Stock darauf. Daphne und Niobe betreten den Raum.

Paris kommt herein gestolpert, offensichtlich orientierungslos. Er fängt sich und sieht die Dienerinnen, die ihn fassungslos anstarren.

Paris: Was gafft ihr statt zu arbeiten? Für jede zehn Hiebe!

Er greift einen Stock und züchtigt die beiden über der Kommode, wie er es bestimmt hatte.

Helena, begleitet von Aphrodite, betritt unmittelbar vor Ende der Vollstreckung ihre Kammer.

Paris erblickt Helena und lässt den Stock sinken. Aphrodite wendet sich ab und verlässt die Szene. Daphne und Niobe begeben sich eilends an ihre Arbeit.

Helena zupfte an ihrem feinen Gewand und sieht Paris strafend an.

Helena: Das fällt dir leicht, hilflose Mägde prügeln. Und im Kampf? Du solltest besiegt und getötet von der Hand des gewaltigen Mannes sein, der mein erster Gemahl war. Hattest du nicht geprahlt, Menelaos mit Lanze und der Kraft deiner Hände zu besiegen? Geh' nochmals hin und fordere den streitbaren Helden Menelaos zu einem neuen Zweikampf heraus! Wegen deiner Gesundheit rate ich dir allerdings, hierzubleiben und Menelaos in Zukunft zu meiden.

Paris: Helena, hör' auf, mich mit deinen bitteren Schmähungen zu kränken. Für heute hat Menelaos dank Athene gesiegt; das nächste Mal werde ich siegen, denn wir haben ja auch Götter auf unserer Seite.

Sessel und Kommode werden entfernt und die Menschenmenge wird wieder aufgefahren.

Menelaos stürmt raubtierartig durch die Menge.

Menelaos: Paris, Paris, wo bist du, Frevler!

Erzähler: Weder seine Genossen noch die Trojaner sind zu einer Auskunft bereit. Dabei schweigen sie nicht aus Freundschaft zu Paris, sondern weil Menelaos ihnen wie die Pest verhasst ist.

Menelaos tritt ab und Agamemnon auf.

Agamemnon *laut*: Jetzt hört mir zu, Trojaner und Genossen! Ich erkläre den streitbaren Helden Menelaos zum Sieger. Folglich habt ihr ihm Helena und ihre Besitztümer und die abgemachte Buße zu übergeben, uns und unseren Enkeln.

Erzähler: So wird Helena heimgeführt und Griechen und Trojaner scheiden in Frieden.

●

„Ich glaube, so können wir's lassen", urteilte der Allmächtige, „kommt 'runter, Kinder, wir haben einen Kaffee verdient."

Die Schauspieler, der Effekt- und Tontechniker und der Theaterregisseur versammelten sich in der Kantine. Es dauerte eine Weile, bis die überlastete Maschine jedem sein Getränk erbrochen hatte, aber schließlich hatten alle ihre dampfende Tasse vor sich.

„Wenn ich dich richtig verstanden hab', bist du zufrieden, Chef", hakte Helena nach.

„Bin ich; mehr kann man meiner Meinung nach aus dem Stück nicht 'rausholen. Wisst ihr eigentlich, was das ‚Duell um Helena' im Original ist?"

„Ein Stück aus Homers Ilias", antwortete Daphne ohne zögern.

„Manchmal überraschst du mich. Hast du das einfach so gewusst?"

„So schwer ist das nicht. Die schöne Helena ist eine bekannte Sagengestalt. Da genügt ein Klick im Wikipedia. Ich hab' mir daraufhin aus Interesse eine deutsche Fassung beschafft, um zu lesen, was in unserem Stück vom Original noch übrig ist."

„Und?"

„Erstaunlich authentisch, allerdings stark modernisiert. Manche Ausdrücke in meiner Schwarte sind heute unbekannt. Nur eins hat die Autorin hinzugefügt, wovon in der Vorlage keine Rede ist."

„Und was?"

„Die Stockhiebe für Daphne – also mich – und Niobe. Bei Homer steht lediglich: ‚Die dienenden Mägde wandten sich schnell ihrer beschiedenen Arbeit zu' oder so ähnlich; abgesehen davon, dass sie namenlos bleiben."

„Vielleicht wollte sie – die Autorin, meine ich – etwas Pep in die Sache bringen. Kann ja sein, dass so mancher nur wegen der Stockhiebe kommt – mancher Mann, muss man wohl sagen."

„Dazu gibt es bei unseren neckischen, seitlich offenen Umhängen ja einiges zu sehen. Ich frage mich, warum der Erzähler so ausführlich deren Machart schildert."

„Vielleicht aus einem gewissen Überlegenheitsgefühl. Noch die Römer kannten keine Hosen, sondern trugen kaum weiterentwickelte Togen. Sie empfanden dieses Kleidungsstück – die Hosen nämlich – sogar als barbarisch. Aber das entsprang möglicherweise einer Art Neid, denn ausgerechnet unsere Vorfahren erfanden es, als sie noch knüppelschwingend, grunzend und ihre Weiber an den Haaren hinter sich herziehend durch die Wälder stapften."

„Im kalten Germanien war und ist es halt nierenfreundlicher, unten herum alles zu zu haben."

„Wisst ihr eigentlich, dass das Stück der Anfang einer großen Sache sein soll?"

„Wieso?" kam es unisono von der Truppe.

„,Duell um Helena' ist ein Probeschuss. Die Ilias besteht aus 24 Gesängen, wovon wir nur den dritten, den mit dem Zweikampf um die schöne Helena, herauspicken." Daphne nickte wissend. „Die Autorin möchte das gesamte Epos als Fünfakter dramatisieren. Sie ist sich bewusst, dass das eine herkulische Aufgabe sein wird. Ihr wisst sicher, dass der Krieg keineswegs so positiv wie in unserem ‚Duell um Helena' ausgeht. Bereits im nächsten, dem vierten Gesang überredet Hera, die unbedingt Trojas Untergang will, ihren Gatten Zeus, die Trojaner dazu zu verführen, den Vertrag zu brechen und den Krieg neu aufflammen zu lassen. Dann geht's erst richtig los."

„Dann wird das ein Schinken wie Faust II", bemerkte Paris. „Aber ohne dessen Konsequenzen, denke ich." „Was für Konsequenzen?" „Naja, Goethe hatte verfügt, dass das Werk erst nach seinem Tod veröffentlicht werden darf. Ihm war wahrscheinlich klar, dass der zweite Teil kübelweise

Kritik ernten wird." „Warum?" „Hast du das Ding mal gelesen?" „Hm, nein." „Das ist schon heavy genug; jetzt versuch' mal, es aufzuführen."

„Der Sinn der Sache geht dir irgendwann auf", meldete sich Daphne erneut, „Faust wird erst mit Mephistos – des Teufels – Hilfe absoluter weltlicher Herrscher und zum Schluss seine Seele diesem – dem Teufel, meine ich – entgegen dem Vertrag von den Engeln entrissen." „Sag' nichts, lass' mich raten: Du hast ihn tatsächlich gelesen." „Hab' ich. Wobei die Akte eins und vier und fünf schlüssig dem Ziel zustreben, wenn auch mit hohem Ressourcenverschleiß. Was der Ausflug in die griechische Mythologie in den Akten zwei und drei soll, blieb mir unklar. Zwischendurch heiratet Faust sogar unsere schöne Helena, mit der zusammen er einen Sohn namens Euphorion fabriziert.

Weißt du, ob das Stück je aufgeführt wurde?" „Doch, doch, schon 1852 von Eckermann. Dann 1909 von Max Reinhard, der es schaffte, es von zunächst elf auf acht Stunden zu kürzen. Den Rekord hält Marie Steiner, Rudolf Steiners Witwe, die für beide Teile im Goetheanum im schweizerischen Dornach sieben Tage ansetzte. Das ist auch der aktuelle Stand, denn ‚in unregelmäßigen Abständen', wie es so schön heißt, wird die Aufführung wiederholt. Bisher 75 Mal, zuletzt 2017."

„Ich glaube, das tue ich mir nicht an", sinnierte Menelaos.

„Wovon reden wir?" fragte Agamemnon. „Von Faust II", informierte ihn Daphne. „Den großen König muss also eine subalterne Dienerin, die wegen Faulheit und Neugierde ihre tägliche Tracht Prügel bezieht, auf die Schiene helfen." „Die trifft die Richtige, denn außer faul und neugierig ist sie auch noch frech."

„Ich bin gespannt, ob ich die komplette dramatisierte Ilias erlebe", dachte Daphne laut, ohne auf Agamemnons letzte Bemerkung einzugehen. „24 Mal so viel Stoff wie heute. Dabei handelt Homers Stück keineswegs den ganzen ilianischen – trojanischen – Krieg ab, sondern nur 51 Tage des letzten Kriegsjahres von insgesamt zehn. Genauer gesagt von Achilles' grollendem Rückzug aus dem Krieg bis Hektors Tod."

„Wann spielt das Ganze eigentlich?" fragte Helena. „Im neunten Jahrhundert vor Christi hat Homer das Epos verfasst", erwiderte der Regisseur, „aber stattgefunden hat der Krieg um die Stadt Troja im 12. oder 13. Jahrhundert, also vor 3¼ Jahrtausenden. Stattgefunden hat er eindeutig, denn Heinrich Schliemann und zahlreiche Archäologen nach ihm fanden die Ruinen Trojas unter dem Hügel Hisarlik in der Provinz Çanakkale im Nordwesten der Türkei an der Meerenge der Dardanellen, dem früheren Hellespont. Schliemann ging übrigens dermaßen in seiner Begeisterung für die griechische Antike auf, dass er seine beiden Söhne auf Agamemnon und Andromache taufen ließ."

„Die Ärmsten!"

„Sie waren ja Griechen und Politiker, wobei Andromache einen etwas abenteuerlicheren Lebensweg einschlug.

Vielleicht kurz zurück zum trojanischen Krieg. Wie genau Homer seine Recherchen nahm, ist fraglich. Am Schluss des zweiten Gesangs, also unmittelbar bevor unser Stück aufsetzt, nennt er die Zahl von 1.146 Schiffen, die die griechische Streitmacht aus dem Norden, dem Süden und von allen Inseln aufbrachte. Die kommt mir in Anbetracht der damaligen Besiedlungsdichte enorm hoch vor. Dazu die räumlichen Verhältnisse. Wer sich die Bucht von Salamis anschaut, in der die Hellenen im September 480 vor Christi mit 366 eigenen Schiffen unter geringen eigenen Verlusten beinahe die Hälfte der 600 angeblich zu schwerfälligen persischen Galeeren versenkten und damit Europa retteten, dem bleibt nur, sich zu wundern; um mehr als Zweipersonen-Segelyachten – nach heutigen Maßstäben – kann es sich schwerlich gehandelt haben.

Kommt, Kinder, zurück zur Probe; nicht wegen eurer Leistung, aber die Synchronisation Hintergrundakustik zu Szene klappt noch nicht ganz."

„Oje, das geht wohl auf meine Kappe", bemerkte der Tontechniker.

„Bitte nicht gleich beleidigt; unser ‚Duell' ist diesbezüglich leider sehr aufwändig konzipiert."

Seufzend nahmen alle wieder ihre Ausgangsstellung ein. Erst in zwei Stunden Feierabend! Naja, dachte mehr als eine und einer, die kriegen wir auch noch 'rum. Dann geht es endlich zurück in die Wirklichkeit des 21. Jahrhunderts – nach Christi – mit ihren geläufigen bürgerlichen Namen.